Hermann Grab, 1903–1949. (Bild pd)

Hermann Grab
Hochzeit in Brooklyn

Verlag Neue Kritik

Die Deutsche Bibliothek - CIP-Einheitsaufnahme

Grab, Hermann:
Hochzeit in Brooklyn / Hermann Grab. - Frankfurt am Main :
Verl. Neue Kritik, 1995
  ISBN 3-8015-0284-8

© Neue Kritik KG Frankfurt am Main 1995
Umschlag Helmut Schade
Satz Delanor Frankfurt
Druck Druckerei Dan Ljubljana Slowenien

Inhalt

Unordnung im Gespensterreich

Friedlich liegen jetzt die Paläste. In der Sonne sind ihre Flächen scharf abgegrenzt, gegen Abend ziehen sie sich ein wenig zusammen, und später noch scheint hinter einem Fenster eine kleine Lampe, klingt ein dünner Glockenton vereinzelt durch die Nacht. Gewiß, der Graf Abälard geht noch umher, aber es scheint nur eine alte Gewohnheit zu sein, das Gesandtschaftspersonal denkt sehr gleichgültig darüber. Er geht in dem Raum, in dem die Golfschläger und das Ping-Pong-Brett aufbewahrt sind, und nichts ist noch geschehen. Im übrigen erscheint er nicht mehr regelmäßig, in der letzten Zeit wohl etwas häufiger, aber das ist gewiß nur ein Zufall. Im Durchschnitt kommt er immer seltener, bald wird er gar nicht mehr zu hören sein.

Aber in der Gegend der langen Straßenzüge hat es schon vor einigen Jahren angefangen. Und jetzt greift es immer mehr um sich. Du gehst an der Reihe der braunen, der grauen und der schmutzig-grünen Häuser vorbei, überquerst die kleine Kreuzung, an der schon die Auslagenfenster des Drogeriegeschäftes erleuchtet sind, und mit einemmal bleibst du erschrocken stehen und weißt: hier und dort, in diesem oder jenem alten Stockwerk rührt es sich. Dort sitzt das Mädchen beim Pianino und übt. Und plötzlich tritt es durch den Plüschvorhang ins Zimmer und das Gespenst steht da. Es ist der Großvater, klein und dick, im dunklen Lüsterrock und mit dem weißen Spitzbart. So tritt er langsam ans Klavier heran und sieht von hinten in den Notenband. Das Kind springt auf, schreit laut und läuft in die andere Ecke. Inzwischen ist freilich alles längst verschwunden.

Aber nicht nur die Orte haben die Gespenster gewechselt. Man sieht, auch ihre Stunde ist jetzt eine andere. Es ist die Stunde nach Sonnenuntergang, die Stunde, da in den Straßen die Tagbeleuchtung schon von den Lampen durchsetzt ist, und wo die Mischung von Licht uns an die Mischung von Salz und Zucker denken läßt. Um diese Stunde geschieht es, daß im halbdunklen Treppenhaus zwischen der Tür zur Hausmeisterwohnung und den Mülleimern eine reglose Gestalt zu sehen ist. Und wenn die Familie beim Kaffee sitzt, senkt sich plötzlich die verstorbene Tante mitten auf den Tisch, in ihrer ganzen Massigkeit, und ihre Hände sind beinahe ins Riesenhafte angequollen. Zugleich weiß man auch, daß jetzt draußen der Mann mit seinen Krücken die Treppen auf- und niedersteigt. Oft kommt er ins Vorzimmer und stellt sich in der Ecke beim Kleiderständer auf, und manchmal tritt er auch für Sekunden durch die Wand ins Zimmer selbst herein.

Aber man kann nicht sagen, daß Gespenster sich jetzt gerade an die eine Stunde halten. Auch des Nachts, wenn man im Bett liegt, kann es geschehen, daß man etwas merkt. Dann sieht man hin, und auf der Kommode lächeln zwei runde, schlüpfrige Köpfe.

Es gibt jetzt leider viel Unordnung in unserem Gespensterreich. Früher, das weiß man, waren andere Zeiten. Man konnte den Portier befragen und bekam auch sehr präzise Antwort: Hier spukt es und dort und immer nur zu sehr genauer Stunde. Jetzt lächelt der Portier und sagt, im Hause sei es still. Aber dort, wohin sich das Gespenstervolk verzogen hat, dort weiß man eben gar nichts. Sie kommen immer unerwartet, manchmal zu zweit, manchmal in seltsamer Gestalt als ungeborenes, als halbwüchsiges Kind, das keine Beine hat und an Stelle der Arme an den Schultern nur zwei Finger. Sie haben auch nicht mehr ihre bestimmten Häuser. Wer in dem einen Haus gelebt hat, muß in dem anderen erscheinen zum Schrecken der Bewohner und zu seinem eigenen Schrecken.

So leidet alles unter der Verwirrung, auch die Gespenster selbst. Wird es noch lange dauern? Wird diese Trostlosigkeit nicht bald beendet sein? Man weiß es nicht. Hier und dort wird eine Stimme laut, die von dem Nahen besserer Zeiten spricht. Aber wer es über sich gebracht hat, für eine kurze Weile einem der Gespenster ins Antlitz zu blicken – und nur ganz selten kann das einer fertigbringen, höchstens ein- oder zweimal in seinem Leben – wer es also ertragen konnte, einem dieser armen Wesen ins Gesicht zu sehen, der hat für immer alle Hoffnung aufgegeben.

Die Kinderfrau

Sie sah dem Dackel Waldi ähnlich. Freilich war ihr Gesicht viel spitzer zugeschnitten, die Nase vor allem, die einen kleinen Höcker trug und in einem langen dünnen Ende auslief. Eine solche Nase gab es sonst gar nicht zu sehen. Auch Bibbi und Tommy sahen immer diese Nase an.

Bibbi war sechs Jahre alt und Tommy war neun. Tommy wurde von den Eltern gerne mitgenommen: wenn der Flieger Blériot zum Beispiel in die Stadt gekommen war und in einem Hotel, in einem sehr großen weißen Saal, seinen riesenhaften Apparat sehen ließ, während er selbst unverständlich und spannend alles erklärte und mit der eigenen Hand auch einmal dem Propeller eine Drehung gab.

Sie mußte bei solchen Gelegenheiten mit Bibbi zu Hause bleiben oder den gewohnten Spaziergang machen, zum Fluß gehen, über eine von den Brücken und dann über eine andere Brücke den Weg zurück. »Du bist das vernachlässigte Kind« sagte sie zu Bibbi und am Abend, wenn sie ihn auf den Tisch gesetzt hatte, um ihn zu waschen, sprach sie beschwörend auf ihn ein: »Du armes Kind! Was wird das für ein Ende nehmen! Vernachlässigt, zurückgestoßen! Immer und überall nur der Große! Der wird verwöhnt und verhätschelt, und von dir wollen sie nichts wissen.« Und dann erzählte sie, wie Schauerliches sich mit solchen Kindern zu ereignen pflege, sprach von einem Jungen, der verblödet war und sagte: »Das war ganz genau derselbe Fall, immer zurückgesetzt und immer weggestoßen.«

Kam ein Fremder ins Zimmer, ein Onkel oder eine Tante, dann blieb sie in ihrer Ecke sitzen, nickte mit dem Kopf und krümmte sogleich den kleinen Körper wieder über ihrer Arbeit zusammen. Bibbi und Tommy spürten, daß das unangenehme Momente waren. Aber sie sahen ihre funkelnden schwarzen Augen und den großen lappigen Mund, mit dem sie, während der Besuch da war, manchmal zuckte, und sie dachten sich, sie habe recht, wenn sie diese Leute verachtete, die immer nur so dumme Sachen sagten.

»Die alte Hexe«, meinten die Onkeln und Tanten und lachten. Und die Eltern lachten auch.

Tommy hatte einen photographischen Apparat bekommen, Kodak Nr. 2. Einmal kam er ins Zimmer und sah, wie Bibbi an den Schrauben drehte. Er hatte eine ganze Filmrolle belichtet und verdorben. Sie schmunzelte aber und gab zu, sie habe ihn dabei ermutigt. Damals wollte Tommy alles, was es im Zimmer gab, und auch den Bibbi, zu kleinen Stücken zerschlagen.

Sie hatte übrigens eine große Leidenschaft. Sie liebte das Theater. »Ich gehe immer nur auf die Seitengalerie links«, sagte sie, »das sind meine liebsten Plätze.« Sie erzählte von den Festspielen, von großartigen Abenden, von Caruso und Battistini. Nur Pelleas und Melisande hatte ihr mißfallen. Aber Hamlet mit Kainz, das war ihr schönster Abend.

Sie sagte zu Tommy, Hamlet sei ein dänischer Prinz gewesen, und während sie ihm vormachte, wie Kainz die Rolle spielte, währenddessen glaubte Tommy in ihrem häßlichen Kopf so etwas wie eine prinzliche Zartheit zu entdecken und wußte nicht, warum ihn das so traurig machte.

Wenn es Bibbi beim Waschen einfiel, plötzlich einen Schrei von sich zu geben, dann sagte sie, er werde bestimmt einmal eine prachtvolle Stimme haben, ein großer Sänger werden. Und da er schwarze Haare hatte, sagte sie, er werde Bassist sein, ein zweiter Arimondi.

Tommy hatte damals einen merkwürdigen Traum. Ihm träumte, Battistini war in die Stadt gekommen und hatte einen Brillanten verloren. Er, Tommy, hatte es bemerkt, hatte von hinten gesehen, wie der große, schwarzgekleidete Sänger den Brillanten aus der Manteltasche herausstieß. Und dann hatte er in einer anderen Straße den Brillanten auf dem Pflaster glitzern sehen. Dort hatte er ihn aufgehoben und zu Battistini ins Hotel gebracht. Aber während Battistini auf ihn zuging, um ihn mit ausgestreckten Armen an sich zu drücken, währenddessen wachte Tommy auf.

Im Theater zeigt man ihm die Seitengalerie, eine Reihe von Stühlen hinter einer Ballustrade und abseits von den anderen Plätzen. Dort mußte sie natürlich sitzen.

Einmal im Winter – die Eltern waren gerade sehr weit weggereist, in die Schweiz oder sonst irgend wohin – kam Tommy um eine Stunde zu spät aus der Schule nach Hause. Sie hatte inzwischen an die Eltern telegraphiert: »Tommy verloren gegangen.« Die Eltern waren darüber sehr böse, und sie mußte das Haus verlassen.

✻

Sie nahm zwei Zimmer, eines für sich und eines für »Zimmerherren«. Bibbi und Tommy kamen, um sie zu besuchen. »Pst«, sagte sie und zeigte auf eine Glastüre, »dort sind meine Zimmerherren. Sie studieren an der Universität.« Bibbi und Tommy sahen sich den Raum an, in dem sie standen. Er war groß und niedrig und dunkel, und neben dem Bett stand nur ein schwarzer Koffer an der Wand. Sie hatten noch nie ein Zimmer so gern gehabt wie dieses. Und beim Anblick der Glastüre dachten sie an die schrecklichen Zimmerherren, vor denen sie sich so sehr fürchtete.

Als sie das nächste Mal kamen, sagte sie: »Die Zimmerherren sind ausgezogen und jetzt wollen keine anderen mehr kommen.« Bibbi und Tommy erschraken sehr. Sie sahen, wie sie mit ihrem lappigen Munde und jetzt auch mit der Nase zuckte. Wie ist das möglich, dachte Tommy, sie hat doch die Zimmer nur aufgenommen, damit die Zimmerherren bei ihr wohnten. Und er sah sie an, sah wie sie bereit war, alle Süße ihres häßlichen Gesichtes für die Zimmerherren aufzubieten und sah, wie die Zimmerherren trotzdem nur an die Türe kamen, um zu sagen: »Nein, wir wollen Sie nicht, wir wollen hier nicht wohnen.«

Auch Bibbi bemerkte, wie traurig sie war. »Sie wollen nicht kommen«, sagte sie. »Und dabei gebe ich ihnen alles, Frühstück, und was sie nur wollen.«

Zu Hause sagte man: »Es ist bedauerlich, aber man kann verstehen, daß niemand bei ihr wohnen will.«

Ein paar Wochen später hieß es, sie habe sich mit Gas vergiftet. Etwas so Furchtbares hatte Tommy noch nicht erlebt. Die Zimmerherren waren es, die schrecklichen Zimmerherren. Sie wollten nicht kommen, trotzdem sie ihnen gerne alles gegeben hätte, Kaffee und Buttersemmel, und auch zwei Eier zum Frühstück, wenn sie es verlangt hätten.

Bibbi und Tommy gingen zum Begräbnis.

Man machte nachher ihren schwarzen Koffer auf. Neben Kleidern und alten Schuhen fand man sehr viele Photographien darin, Photographien von der Duse, von Caruso, Scotti und Battistini, von Kainz, von der Destinn und der Farrar. Man fand Theaterprogramme und viele kleine gelbe Zettel mit dem Aufdruck: Seitengalerie links.

Die Mondnacht

Soldaten lagen in den Schützengräben, in Rußland, in Rumänien und in Italien, Soldaten, so wußte man es, gaben ihr Blut, sie waren der Schutz, das Lebensmark der Monarchie, die jetzt im dritten Kriegsjahr stand. Ein junger Herrscher hatte den Thron bestiegen, man sah in den Lichtspielhäusern die Krönung in Ungarn, und die illustrierten Blätter zeigten ihn beim Besuch von Frontstellungen und im Gespräche mit der Mannschaft. Man sah Soldaten in den Straßen der Stadt, manche mit merkwürdigen Sprüngen und Bewegungen, andere waren erblindet, denn der Gaskrieg machte Fortschritte, und da in Wien ein privater Hilfsverein im Interesse der Unheilbaren unter den Kriegsbeschädigten gegründet worden war, hatte Frau Hofrat Klier einen glücklichen Gedanken: In der Hauptstadt unserer großen und bedeutenden Provinz sollte sich eine Zweigstelle konstituieren, die nötigen Mittel für den Anfang sollten durch ein Konzert, durch Kartenverkauf und Überzeichnungen zustande kommen.

Der Hofrat billigte den Plan. Es war seine Freude, die Frau in ihrer Tätigkeit so allgemein geschätzt zu sehen, in einer Tätigkeit, die sich jetzt in der großen Zeit so fruchtbar und so vielfältig entwickelt hatte, im Kriegsfürsorgeamt, im Vaterländischen Verein und an zwei Nachmittagen im Spital. Er war der treue Diener seines Staates. Jetzt hatte er sein geräumiges Zimmer im ersten Stock des Amtsgebäudes, »mein Staat im Staate«, sagte er lächelnd, wenn ein Besucher den Perserteppich, die eingelegten

Schränke, die Familienphotographien bemerkte. Im Frühjahr sah der Hofrat, wie die Bäume draußen auf dem kleinen Platz Knospen und grüne Blätter ansetzten; das Hupen eines Automobils, das Rasseln eines Wagens drang selten in die Stille dieser Gegend. Der Hofrat billigte namentlich die Absicht, die Gattin des Statthalters um das Protektorat über den Abend zu ersuchen, eine Vorsprache wurde durchgesetzt, die Not der Kriegsbeschädigten wurde bei dieser Gelegenheit der Exzellenz eindringlich ans Herz gelegt, und die Hofrätin kam befriedigt und höchst angeregt nach Hause.

Was aber das Programm des Abends anging, so hatte sie sich schon das Ihre ausgedacht. Denn Frau von Zeisel, eine junge Nichte, vor kurzem ihrem Mann aus Graz in unsere Stadt gefolgt, hatte nicht nur den Liebreiz ihrer jungen Person, sondern auch ein gewisses Renommee als Sängerin mitgebracht. Schmeichelhafte Zeitungsnotizen aus der Heimatstadt, eine gelegentliche Mitwirkung in Wien bekräftigten den Ruf der jungen Frau, ja selbst von Verhandlungen mit verschiedenen Opernhäusern hatte man gesprochen. Das hofrätliche Ehepaar war kinderlos. Es war den jungen Leuten zugetan, die Hofrätin sah in dem Abend die glückliche Gelegenheit, ihre Sängerin gleich vor das auserwählte Publikum der Stadt zu bringen, das Publikum aber seinerseits mit einer liebenswürdigen Nichte zu erfreuen, und da sie noch im stillen hoffte, ihre geliebte Schwester werde bei einem solchen Anlaß die Reise nicht scheuen, so konnte sie nebst Wohltätigkeit und Konzert auch einer freudigen Familienreunion entgegensehen.

Das Damenkomitee, das bald zusammentrat, nahm die Ideen der Hofrätin Klier mit Wohlgefallen auf, man wußte, ihrer Tüchtigkeit und Umsichtigkeit konnte man vertrauen, man lobte den guten Zweck der Unternehmung, auch von der jungen Sängerin hatte man schon Erfreuliches gehört. Die Sitzung fand im Hause der Frau Körner statt, es wurde Tee mit kleinen Bäckereien angeboten, dann sprach man von dem restlichen Programm des Konzerts, man wollte eine gewisse Buntheit, ein gewisses Maß von Abwechslung nicht missen. Die Damen brachten dies und jenes vor, Frau Worlitschka ein heimisches Streichquartett, Frau Siegel eine Rezitationskünstlerin aus Reichenberg, man beriet und schließlich fand man eine Lösung. Der junge Zimmermann, ein Geiger, zwar nicht von Beruf, aber Amateur von bestem Schlag, seit einigen Wochen eingerückt, war, wie Frau von Neidhart wußte, in nächster Nähe stationiert, und da Frau Oberst Seidel meinte, ein kurzer Urlaub werde in Anbetracht des patriotischen Zweckes durchzusetzen sein, war die Entscheidung leicht. Was aber die pianistische Nummer anging, ohne die der Abend nicht gut denkbar war, kam man auch hier zu einer Lösung. Ein Meisterschüler oder eine Meisterschülerin des Staatlichen Konservatoriums war das gegebene, gewiß nur eine bescheidene Belastung des Budgets. So konnte man befriedigt auseinandergehen, das Datum des Konzerts – in der ersten Woche des April – war noch gerade günstig, das Protektorat der Fürstin an sich schon ein Erfolg, und was das Programm betraf, so konnte man sich von dem Auftreten der Frau von Zeisel, die Gesangskunst und Verwandtschaftsbeziehung so vorteilhaft verband, gewiß sehr viel versprechen und auch die Wahl des Geigers war ein guter Griff. Man dachte an die Uniform, in der er auf dem Podium erscheinen, und in welcher er den Geist des Militärs so reizvoll und so zeitgemäß verkörpern würde.

Die Hofrätin, jetzt Präsidentin des Vereins, konnte in den nächsten Wochen von den Damen nur das Beste sagen,

16

von Frau Körner, die das Amt der Kassiererin so gewissenhaft versah, von Frau von Greinz, die die Angelegenheit des Saales und der Dekoration betreute, und von Frau Siegel, die die Anzeigen in der Presse und die Ausstattung der Programme, kurz, die Domäne des Gedruckten, übernommen hatte. Und als der Abend kam, waren sämtliche Plätze vergeben, war der Saal – es war der große Saal des Deutschen Hauses – mit grünem Laub geschmückt und es standen auch zwei grüne Bäume in Behältern vor dem Hauptportal.

Nikolas Körner besuchte das Konzert mit seiner Mutter. Er stieg mit ihr über den Läufer die niedrigen und bequemen Treppen auf, er sah sie an, sah ihren dunklen seidigen Mantel, ihre glatte, ein wenig gepuderte Haut und ihre funkelnden Ohrgehänge.

»Ist das ihr jüngerer Sohn, der Gymnasiast?« fragte Frau von Neidhart. »Ja«, sagte Frau Siegel, »sie beklagt sich über ihn, sie sagt, er ist ein Träumer.«

Jetzt, da sie über den Treppenläufer stiegen, sagte Frau Körner: »Sei freundlich, wenn wir der Hofrätin Klier begegnen.«

Aber die Hofrätin war sehr beschäftigt. Sie gab den Saaldienern Anweisung und überdies den jungen Mädchen, die weiß gekleidet an den Türen standen. Sie boten die Programme an, auch ihre langen Handschuhe waren weiß. Zwei von den Mädchen kamen auf Frau Körner zu, sie lächelten. Frau Körner schien sie zu erkennen. »Mimi Greinz«, sagte sie, »nicht wahr? und Marion, ihre Schwester.« Die Mädchen machten einen Knicks. Nikolas sah sie an, er sah, daß Marion groß und blond war, er sah ihre tiefliegenden Augen und spürte einen leisen Schwindel. »Das ist mein Sohn«, sagte Frau Körner. Die Mädchen blickten einander an.

Später, als sie auf ihren Plätzen saßen, sagte Frau Körner: »Das sind nette Mädchen, warum hast du nicht mit ihnen gesprochen?« »Was hätte ich ihnen sagen sollen?« fragte Nikolas. Seine Mutter lachte: »Ein Kavalier bist du gewiß nicht.« Er sah, daß Marion ein Programm verkaufte, sie knickste und lachte dann mit ihren Freundinnen.

Inzwischen füllte sich der Saal. Zwei große Spiegelscheiben waren in den Seitenwänden eingelassen, auch das Podium war mit Grün geschmückt. »Das ist also das Wohltätigkeitskonzert«, dachte Frau Springer, als sie eintrat, »ich bin froh, daß ich hier gesehen werde.« Sie dachte an ihr dunkelrotes Abendkleid und ihre Perlenschnur, und sie sah, wie Damen und Herren, die sie nicht kannte, miteinander sprachen. Man sprach in kleinen Gruppen, man lehnte sich zur rückwärtigen Reihe, und manche Damen hielten ihre Fächer in Bewegung. Frau Springer bemerkte, wie ein alter Herr mit rosigem Gesicht und sehr gepflegtem Bart sie lange ansah, es war der Professor Weigel, und sie wußte nicht, daß er gerade seine Galle spürte und daß er hoffte, er werde nicht nach Hause gehen müssen, denn seine Frau hatte sich gewünscht, bei dem Konzert dabei zu sein. Dann kamen Herr und Frau von Hölty. Er lächelte nach allen Seiten, sein blonder englisch gestutzter Schnurrbart war mit ein wenig Grau vermischt, er hatte gerade einen neuen Staatsauftrag erhalten. Jetzt liefen die Fabriken in zwei Schichten, wie immer auch der Krieg entschieden würde, er hatte seine Industrien bedeutend ausgebaut.

Nikolas mußte aufstehen, denn Herr und Frau Hölty saßen in der gleichen Reihe. Die Dame setzte sich neben seine Mutter, und sie fragte: »Ist das Ihr jüngerer Sohn? Was hören Sie vom anderen?« »Noch immer an der Isonzo-Front«, sagte Frau Körner, »und seit ein paar Wochen nur vorgedruckte Karten. Sie haben von diesen Karten gehört, nicht wahr? Ich bin gesund und es geht mir gut.«

Frau von Hölty nickte tief und schloß die Augen. Tat sie es, um mit größerer Sammlung an die Begebenheiten draußen an der Front zu denken, an die Toten, an die überfüllten Feldspitäler?

Jetzt waren fast alle Plätze besetzt, es war halb neun, und mit einem Mal verstummten die Gespräche. Die weißgekleideten Mädchen standen still, sie hielten die Programme, die sie nicht verkauft hatten, graziös an ihre Brust, die Mitteltüre öffnete sich weit, der Fürst und die Fürstin traten in den Saal. Der Hofrat und seine Frau geleiteten sie an die Plätze, dann trat der Hofrat vor das Publikum.

Er räusperte sich zuerst, dann sagte er: »Durchlauchtigste Exzellenzen! Meine Damen und Herren! In dieser großen Zeit, da unser aller Gedanken bei Tag und Nacht dem teuren Vaterlande zugewandt sind, da jung und alt alle Kräfte vereinen, um den heimtückischen Feinden, die uns von allen Seiten bedrohen, siegreich zu begegnen, da wandern unsere Gedanken auch zu jenen heldenhaften Verteidigern des Vaterlandes, die eine dauernde körperliche Schädigung davongetragen haben.« Der Hofrat sprach dann von den Amputierten, von solchen, die das Augenlicht verloren hatten, er blickte gelegentlich in ein Manuskript und nahm seinen Knebelbart in eine Hand. Er sprach von großen Fortschritten, mit denen die neue Technik der Prothesen neue Möglichkeiten und neue Lebenshoffnungen ersprießen ließ. »Aber dennoch«, so fuhr er fort, »aber dennoch, wir haben noch immer alle Hände voll zu tun, wir haben zu geben und zu geben, die Not ruft noch immer zum Himmel.« Und er hielt inne und blickte in die Höhe, als könne er durch die Saaldecke hindurch in jenen Himmel sehen. Die Zuhörer sowie die Exzellenzen bewahrten eine bewegungslose Stille, und ebenso die weißen Mädchen, die jetzt auf einer gepolsterten Bank entlang der einen von den Spiegelscheiben saßen. Der Hofrat schloß mit einer Note der Zuversicht. Denn die Opferfreudigkeit des Hinterlands, so meinte er, sei ein würdiges Gegenspiel zu den großen Taten der Armeen.»Und indem wir jeder«, so sagte er, »auf unserem Platz stehen, blicken wir vertrauensvoll in eine große siegreiche Zukunft, und wir alle lassen den kräftigen Ruf erschallen: Hoch Österreich! Hoch das erhabene Kaiserhaus!« Das Publikum ließ den Ruf zwar nicht in Wirklichkeit erklingen, aber ein jeder applaudierte heftig, und die Fürstin, recht korpulent, tat dieses, indem sie ihre Arme in die Höhe hob und ihre Hände in raschen und kleinen Bewegungen gegeneinanderschlug.

Kaum hatte der Hofrat in der ersten Reihe Platz genommen und nach allen Seiten auf das freundlichste gedankt, stand schon Herr Zimmermann, der Geiger, auf dem Podium. Die Knöpfe seiner Uniform glänzten im Licht der Kronleuchter, er stimmte leise sein Instrument, dann setzte er es an, er zuckte mit dem Mund, der Militärkragen bereitete ihm Schwierigkeiten, dann blickte er auf den Begleiter, er war Kapellmeister des Theaters, obwohl er im Theater offenbar nur wenig oder gar nicht dirigierte. Herr Zimmermann spielte das Konzert von Mendelssohn und die Hofrätin sagte sich, sein Ton sei von besonderer Süße. Die jungen Mädchen sahen auf das Podium, sie bemerkten, daß das Gesicht des Geigers stark gerötet war und daß er sich mit seinen Strichen sehr bemühte. Frau Professor Weigel hörte mit großem Interesse zu, und wenn einer von den hohen Tönen ihr nicht ganz rein erschien, dann dachte sie mit Verständnis an den Militärdienst, die Exerzierübungen im Morgengrauen, während ihr Gatte, der Pro-

20

fessor, sich jetzt sagen konnte, daß die Schmerzen in der Gallengegend nachgelassen hatten und das ganze offenbar ein falscher Alarm gewesen war. Marion saß nicht weit von Nikolas. Er konnte sehen, wie ihre Gestalt durch das enganliegende Kleid hindurch erkennbar war, er sah die Linie ihres Halses, sah, wie sie atmete und wie ihr blondes Haar dort, wo es das Gesicht umrahmte, noch ein wenig heller war.

Aber hörte jemand dem Begleiter zu, der, während Herr Zimmermann geigte und seinen Oberkörper hin und her bewegte, beim Klavier saß und ohne Unterbrechung spielte? Es war gewiß nicht nötig, denn man konnte sich darauf verlassen: der Begleiter spielte gut. Frau Springer, im roten Abendkleid, lehnte sich zurück und zeigte ihr Profil in vorteilhafter Weise, und Herr von Hölty hatte plötzlich einen Einfall: der Garnvorrat für Hosenstoffe ließ sich für Militärmäntel viel günstiger verwerten. Frau Worlitschka, in einer der mittleren Reihen, sah, daß der Kritiker der Morgenzeitung sein Programm zur Hand nahm und einige Worte niederschrieb. »Hoffentlich schreibt er nichts Schlechtes«, dachte sie, »das wäre für unser Komitee nicht angenehm.« Journalisten, so pflegte ihr Mann zu sagen, sind gemein, sie machen es oft aus Absicht. Und während sie den Kritiker betrachtete, seinen Zwicker und sein blondes Bärtchen, dachte sie an die schlechte Bezahlung der Zeitungsleute, an die Artikel, die sie schrieben, um ihre mißmutigen Launen auszulassen, und an die Welt im allgemeinen, die voll Bosheit war.

Als nach Beendigung des Violinvortrages und nach einer kleinen Pause Frau von Zeisel, die Sängerin, das Podium betrat, ging ein bemerkbares Flüstern durch die Reihen. Sie war, das mußte zugegeben werden, erfreulich anzusehen. Ihre Gestalt war etwas rundlich, aber über ihrem cremefarbenen Spitzenkleid saß ein kleiner Kopf mit feingeschwungenem Mund und einem zarten Näschen. Die Augen blitzten. Herr von Hölty, in der dritten Reihe, konnte sich eines Lächelns nicht erwehren, der alte Baron Landis öffnete die Augen weit, und selbst der Oberst Seidel nickte.

Frau von Zeisel setzte an und ihre Stimme zitterte ein wenig. »Befangenheit«, dachte der Kritiker, »das kann sich geben.« Die Damen des Komitees sahen alle auf das Podium. »Eine reizende Stimme«, dachte Frau von Neidhart; »charmant«, sagte Frau Siegel zu sich selbst. Und als das zweite Lied zu Ende ging, dachte der Kritiker: »Kein auffallendes Material, aber gut geschult, sehr gute Diktion und durchaus musikalisch.« Er schrieb etwas auf sein Programm und Frau Worlitschka bemerkte das.

Frau von Zeisel sang eine Liedergruppe. »Schubert«, so dachte der Oberst Seidel, »das habe ich immer gesagt, das deutsche Lied, unsterbliche Melodien. Schubert und Mendelssohn sind meine Lieblingskomponisten. Man sollte in Konzerte gehen. Warum gehe ich nie in Konzerte? Musik und Schönheit, das macht das Leben lebenswert. Beethoven war auch ein großer Komponist. Und Wagner. Nur zu schwer. Musik muß leicht sein, Melodien müssen das Herz ergreifen.«

Frau von Zeisel sang, nach jedem ihrer Lieder war der Beifall stark, die Hofrätin konnte sich sagen, sie habe recht gehabt, und während das Lied vom Frühlingstraum den vollbesetzten Saal durchklang, sagte sich der Hofrat, der Abend könne nur Gutes bringen, setzte der Oberst seine Überlegungen fort, saß Marion in der Reihe der anderen Mädchen, den Kopf zur Seite geneigt, ihren Mund ein wenig offen haltend.

In der Pause kam Herr Wiesner, der Bankdirektor, auf

Herrn Hölty zu. »Unsere Krone ist heute in Zürich um zwanzig Punkte tiefer angeboten worden«, sagte er leise, »wohin wird uns das führen?« »Vorübergehende Schwäche«, sagte Herr von Hölty, und etwas lauter fügte er hinzu: »Ich habe vollstes Vertrauen in unsere Heeresleitung.« Er war auf Schwächen und Begebenheiten vorbereitet, die vielleicht das Vorstellungsvermögen des Bankdirektors überstiegen, und was den augenblicklichen Kurs betraf, so konnte er sich sagen, er habe sein Rohmaterial günstig eingekauft.

Unter den Personen, die jetzt die Plätze des Statthalters und seiner Frau umstanden, waren auch der Hofrat und die Hofrätin zu sehen, Nikolas ging in den Vorraum zu den jungen Mädchen. »Wie gefällt es Ihnen?« fragte er. In der Tat, er hatte Marion angesprochen. Er bemerkte eine kleine Unebenheit in der Haut an ihrer linken Wange. Sie war über die Frage erstaunt und nach einer Weile sagte sie: »Oh, es gefällt mir sehr gut.« Sie sah auf einen jungen Mann, der gerade auf sie zukam. Der junge Mann sagte etwas wie »Schönheit und Symphonie in Weiß«, und Marion lächelte. Nikolas aber blieb ganz nahe neben ihr stehen, er spürte das Parfüm, das von ihr ausging, während sie mit dem jungen Mann sprach und oftmals lachte. Und er dachte sich: »Wer weiß? Der Tag wird einmal kommen.« Sie aber sah zu dem anderen auf, denn er war noch etwas größer als sie selbst, und schließlich sagte Nikolas: »Entschuldigen Sie, bitte«, und ging in den Saal zurück. Er bemerkte noch, wie Marion, der junge Mann und ein anderes Mädchen, das mit ihnen stand, einander rasch ansahen und dann lachten.

Was immer Rätselhaftes Marion mit ihrer Freundin und dem unbekannten jungen Mann sprach, ihr Vater, der Fabrikant, sprach mit dem Oberst Seidel. Der Oberst erklärte ihm die militärische Lage und auch, warum der Endsieg sicher sei. »Die Entscheidung«, sagte er, »wird im Südosten fallen. Wir haben Rumänien, und die Russen mit ihrer Umwälzung im Innern sind jetzt schwächer denn je. Im übrigen kommen bei uns neue Aushebungen.« Der Fabrikant hatte nicht so bald mit einer neuen Aushebung gerechnet und überlegte, ob es besser sei, auf seinen Rheumatismus oder auf wirtschaftliche Unentbehrlichkeit zu bauen. Aber während er solches und ähnliches erwog, kündete ein Glockenzeichen den Schluß der Pause an.

Frau von Zeisel erschien. Von viel Applaus empfangen, lächelte sie jetzt freundlich und warf den Kopf ein wenig zurück. Jetzt sang sie eine Schumann-Gruppe, »Nußbaum«, »Mit Rosen und Myrten«, dann kam das Lied »Die Mondnacht«. Es setzte mit einer kleinen Klaviereinleitung an und Nikolas horchte auf. Er hörte dann die Melodie und den Text vom Sternenhimmel und dem nächtlichen Land, das, wie er wußte, das Land der Liebe war. Er sah auf Marion, sie spielte mit einem kleinen Armband.

Frau von Zeisel sang drei weitere Schumann-Lieder, und da der Beifall stark war, kam es zu mehreren Zugaben. So wurde es spät, einige von den Zuhörern brachen auf, viele aber blieben, es folgte die Klaviernummer, eine Sonate von Chopin. Das Mädchen, das heraustrat und sich an den Flügel setzte, hieß Amalie Bronsky.

Die Hofrätin sah prüfend auf das schlecht geschneiderte Seidenkleid. Amalie Bronsky spielte kräftig, und bald konnte der Kritiker denken: »Talentiertes Mädel! Ja richtig! Ich hab sie schon gehört, sehr talentiert! Aber wird sie es zu etwas bringen? Glück und Erfolg, wovon hängt das eigentlich ab? Es ist mir noch nicht gelungen, die Kombination von Voraussetzungen zu erforschen.«

Der Hofrat war damit beschäftigt, das Gespräch mit

dem Statthalter in allen seinen Phasen im Gedächtnis wieder herzustellen, seine Ansicht über die subversiven Elemente und die Überwachung, die er für nötig hielt, hatte sicherlich den besten Eindruck hinterlassen. Marions Vater dachte an die neuen Assentierungen, Herr von Hölty berechnete den Baumwollpreis zum neuen Kronenkurs, Nikolas hatte für Chopin nichts übrig.

In einer der hinteren Reihen saß der Leiter der Klavierklassen, saß der Professor. »Bravo«, dachte er, »sie ist wirklich die geborene Konzertpianistin. Wie sie das Klavier anpackt, wie es glänzt, wie sie musikalisch atmet, wie ihre Phrasen singen! Dieses, ganz genau dieses, ist meine Vorstellung von Chopin, so habe ich sie unterrichtet. Amalie Bronsky, du hast mich verstanden und du kannst es geben, denn du hast alles, Kopf und Herz und gesegnete Finger!« Und in einem Anflug von Sentimentalität, der er sich jetzt in der zweiten Hälfte der Sechziger hin und wieder ausgesetzt sah, dachte er: »Amalie Bronsky, Gott beschütze dich!« In jedem seiner Augen stand eine Träne, die dicke Dame neben ihm bemerkte das und sagte sich: »O Gott, sein Herz! Wenn er sich nur nicht aufregt!«

In der Mitte der ersten Reihe, in nächster Nähe und sozusagen zu Füßen der Amalie Bronsky, saßen der Statthalter und seine Gattin. Der Statthalter saß unbeweglich, sein aufgezwirbelter Schnurrbart war schwarz, aber die Haut in seinem Gesicht war fahl, sie zeigte viele Furchen und ein paar winzige Löcher. Was bedeutete ihm das Klavierspiel, das er hörte? Führte es ihn vielleicht zurück in seine Jugendzeit, da auf den nachbarlichen Schlössern die jungen Mädchen den Abend mit Klavierspiel und Gesang verbrachten, da er, der reiche junge Kavalier, die Reise um die Erde antrat, da alles Glück und jede Möglichkeit der Welt ihm zu Gebote stand? Jetzt saß er hier, der Stellver-

treter des Kaisers, gewissermaßen Landesvater in Person.
Lag es nicht alles jetzt auf seinen Schultern, das Leben,
Glück, die Hoffnung jedes Untertanen? War es nicht seine
Sache, sich um alles zu bekümmern, die Sorgen und die
Leiden eines jeden? Wieviel Anteilnahme, welches Maß
von Hilfe konnte man von ihm erwarten? Konnte etwa
Nikolas Körner damit rechnen, daß er, der Statthalter des
Kaisers, in einem freundlichen Gespräch dem Mädchen
Marion das Maß von Glück und Leidenschaft, das sie
erwarten konnte, klarmachen und sie zutiefst erschüttern
würde? War es nicht seine Pflicht, den Bruder des jungen
Nikolas, den Bruder an der Isonzo-Front, in seinen lan-
desväterlichen Schutz zu nehmen? Nicht seine Pflicht,
zumindest gegenüber einer Mutter, die bloß zwei Reihen
hinter ihm saß und die trotz Komitee, Konzert und trotz
Amalie Bronsky nur einen einzigen Gedanken hatte? Die
Sorgen eines Statthalters sind mannigfaltig. Was dachte er
in dieser Stunde? Gewiß nicht an den Knaben Nikolas und
nicht einmal an seinen älteren Bruder. Was plante, überlegte er? War er ein Mitglied oder etwa gar ein Hauptbeteilig-
ter der Gruppe, in deren Namen der Prinz Sixtus jetzt in
Paris verhandelte und die Bedingungen des Separatfrie-
dens besprach? Erwartete er nach der Rückkehr vom Konzert die Nachricht, die den Wendepunkt der Weltgeschichte ankündigen, die neue Morgenröte für das Reich
bedeuten würde, dessen Ende er bis vor kurzem noch mit
Sicherheit vorausberechnet hatte? Oder war es alles anders? Glaubte der Fürst an Deutschland und an Nibelun-
gentreue? War es sein Ernst, wenn er von der Moral des
Durchhaltens und der Glorie des Endsiegs sprach? Verfolgte er mit Pech und Schwefel, was sich widersetzte?
Hatte er des Hofrats Ansichten mit Wohlgefallen angehört? Oder saß er am Ende jetzt und lächelte im stillen

über den Eifer und die beschränkten Fassungskräfte seines Schreibers? Wer weiß? Wer kannte die Gedanken, die ihm kamen? Wer weiß, ob es überhaupt sehr viel Gedanken waren? Wer konnte es auch von der Dame wissen, die zu seiner Rechten saß? Sie trug einen Anhänger mit einem großen Smaragd. Ihre Brust war mächtig, an einem Kettchen hing eine silberne Lorgnette. Sie atmete schwer, und jedesmal, wenn sich ihr Brustkorb hob, stießen die Lorgnette und der Edelstein zusammen. Ein dünner Klang, ein leises Glockenzeichen war darum von einigen Plätzen aus trotz dem Klavierspiel der Amalie Bronsky in gleichmäßigen Abständen zu hören.

Das Konzert war beendet, die Hofrätin wurde beglückwünscht, der Hofrat wartete schon, man ging nach Hause, Herr und Frau von Zeisel gingen mit, ebenso auch Frau von Zeisels Mutter, die in der Tat aus Graz gekommen war, man besprach das Konzert, es war ein freundliches Beisammensein, und falls der Hofrat und die Hofrätin es überhaupt bedachten, so mußten sie sich sagen, daß das Leben hin und wieder Erfüllungen bereitet.

Der Kritiker ging in die Redaktion. Da er den Konzertsaal verließ und auf die Straße kam, fand er den Abend warm. Er hatte nur die Absicht, ein kurzes Referat zu schreiben, und er beschloß, zu Fuß zu gehen. Er ging am alten Pulverturm vorbei, durch die gewundene Gasse, in der für die Straßenbahn nur ein Geleise lag, vorbei an den bekannten Portalen mit den großen Karyatiden, nur hier und dort war ein Fenster erleuchtet, er hörte den Widerhall seiner eigenen Schritte. Auch der große Ringplatz war leer, die Stunde war schon vorgerückt und überdies war man im Krieg. Ja, es war Krieg! Krieg an den nördlichen, östlichen und südlichen Grenzen und Krieg im Westen. Der Kritiker, dessen Amt es war, den Maßstab für das Künstlerische hochzuhalten, der die Regel, das Ideal vertrat, er hatte gewiß auch seinen Maßstab für das Menschliche im allgemeinen, sein Ideal für das Zusammenleben aller. Gemessen nun an diesem Maßstab, was war der Krieg? Wie konnte sich ein Kritiker zum Weltgeschehen äußern? Er hatte seine Direktiven. Die deutsche Kultur, die Musik von Bach, von Beethoven und Wagner, die edelste Blüte menschlichen Geistes war in diesem Krieg bedroht. Was aber das Konzertleben betraf, so mußte man es fördern, es stärkte die Moral des Hinterlandes.

Der Kritiker betrat die Redaktionskanzlei. Im Vorzimmer fand er eine Gruppe von Kollegen. »Na also, da haben wir es«, sagte der Chefredakteurstellvertreter, »der amerikanische Präsident tritt morgen vor den Kongreß, und er verlangt die Kriegserklärung.« Der Kritiker erschrak. Gewiß, er hatte die Entwicklung längst vorausgesagt, und über die Worte der Schreier, der Patrioten konnte er nur lächeln. Und dennoch blieb sein Herz jetzt einen Augenblick lang stehen, sei es, weil angesichts des überseeischen Kolosses ihn plötzlich eine Furcht ergriff, eine Furcht vor Not und unbestimmtem Untergang, sei es, weil die Worte, die wir um uns hören und die wir selbst gebrauchen, dennoch Macht gewinnen und sich in einem Teilstück unseres Denksystems verankern.

»Werden wir die Nachricht bringen?« fragte der Kritiker. »Nein«, sagte ein anderer Redakteur, »aber die Order lautet: Publikum vorbereiten.« Der Kritiker ging in sein Zimmer. Er drehte die Lampe mit dem grünen Glasschirm an, er las einen Brief, dann nahm er ein Blatt Papier und schrieb:

»Unter dem Protektorat Ihrer Durchlaucht der Fürstin Reiffenstein fand gestern im Spiegelsaal des Deutschen

28

Hauses ein Wohltätigkeitskonzert statt. Das Erträgnis des erfolgreichen und stark besuchten Abends ist dem Gründungsfonds eines neu konstituierten Vereines zugedacht, dem Hilfsverein für Kriegsbeschädigte. Den edlen Zweck des Unternehmens, das unter dem Präsidium der Frau Anna Klier ins Leben gerufen wurde, hat der Gatte der Präsidentin, Hofrat Alois Klier, in einleitenden Worten anschaulich und überzeugend dargelegt.«

Hier hielt er inne, er nahm eine Zigarette, er hörte aus dem Nebenzimmer das Diktat des Leitartikels. »Was können unsere Feinde hoffen? Die russische Armee ist daran, in Nichts zu zerfallen, die Moral der italienischen und der französischen Armeen hat einen unerahnten Tiefpunkt erreicht. Daß die Engländer nur bis zum letzten Franzosen kämpfen werden, ist bekannt. Bleibt noch Amerika. Amerika ist an sich als wirtschaftlicher Faktor nicht zu unterschätzen. Aber was hilft Amerikas Reichtum, da der so energisch und umsichtig geführte U-Boot-Krieg jede Verbindung zu unseren Feinden endgültig abgeschnitten hat? Wird Amerika noch weiterhin die Troglodyten des Ozeans mit Kriegsmaterial versorgen? Sollten nun die Kriegshetzer in Washington die Oberhand gewinnen und die Vereinigten Staaten tatsächlich zu einer formellen Kriegserklärung treiben, was würde das bedeuten? Praktisch gesprochen, gar nichts. Die Materialien würden nicht weniger torpediert, eine amerikanische Armee gibt es nicht, und sollten die Amerikaner auch ein paar Soldaten auf die Beine bringen, dann würden eben diese armen Teufel mitsamt den Kanonen und Geschossen in die Tiefe des Ozeans wandern müssen. Eine amerikanische Kriegserklärung kann nichts als eine leere Geste sein.«

Der Kritiker schrieb weiter: »Das Programm des Abends brachte erfreuliche Solistenleistungen. Herr Bernhard Zimmermann, in der Uniform eines Einjährig-Frei-willigen der Artillerie, spielte, von Kapellmeister Otto Schwarz begleitet, das Violinkonzert von Mendelssohn. Er spielte es mit Fertigkeit und mit Geschmack. Bemerkenswert waren die Liedvorträge der Frau Alberta von Zeisel. Hier haben wir eine Sängerin von wirklicher Kultur, stärker in der plastischen Gestaltung als im rein Emotionellen, stärker in Schubert als in Schumann, aber immer sehr gerundet und höchst musikalisch. Besondere Anerkennung verdient Amalie Bronsky. Sie spielte die höchst schwierige h-moll-Sonate von Chopin mit echter Verve, mit unfehlbarer Sicherheit und mit melodischem Zauber.« Er zögerte einen Augenblick, dann fügte er hinzu: »Den Namen Amalie Bronsky muß man sich merken.«

Nikolas kam mit seiner Mutter nach Hause. Im Schlafzimmer, in einem Fauteuil saß der Papa. »Schlecht gelaunt«, dachte Nikolas.

»Es ist spät, du mußt schlafen gehen«, sagte der Vater, und Nikolas ging in sein Zimmer.

»Was ist geschehen?« fragte Frau Körner. Sie erkannte, daß ihr Mann nicht sprechen wollte. »Ich sehe, ich kann es nicht verheimlichen«, sagte er und reichte ihr einen Brief. Er fügte noch hinzu: »Vom Obersten seines Regiments, ein Urlauber hat ihn gebracht.« Sie las die Worte: »als Beispiel von Pflichterfüllung und Heldentum, betrauert von seinen Vorgesetzten und seinen Kameraden«, und ließ das Schreiben sinken.

Nikolas, am anderen Ende der Wohnung, ging in seinem Zimmer auf und ab. Schließlich öffnete er die geheime Lade, er nahm sein Tagebuch heraus und schrieb: »Dieses Datum, der 5. April 1917, ist ein entscheidendes in meinem Leben. Ich habe ein Konzert besucht, von dem ich nichts erwartete. Aber ich bin einem Mädchen begegnet, und die

Augen, in die ich sah, haben mir die Welt eröffnet. Jetzt erst verstehe ich, was die Dichter, das heißt, die wirklichen Dichter, und die Musiker, das heißt, die wirklichen Musiker singen: das Leben, die Welt der Frau. Ich habe ein Lied gehört, »Die Mondnacht« von Schumann, und wie Schuppen fiel es mir von meinen Augen. Ich fühle es ganz wie der Komponist, der sehnsuchtsvoll an die Geliebte denkt, und der seinen Traum in Melodien umsetzt und in Harmonien, die uns entführen. O Schönheit! O Leben! O du Geliebte!« Er schloß das Schulheft schnell und sperrte es wieder in die Lade.

Dann ging er ins Nebenzimmer, er öffnete den Notenschrank und legte den Band mit Schumann-Liedern aufs Klavier. Das Lied »Die Mondnacht« war schwer zu spielen. Er sah vier Kreuze vorgezeichnet. Er spielte nur die Melodie, was ohnehin besser war, da er so ganz leise spielen konnte und die Eltern das gewiß nicht hörten.

Er ging dann ans Fenster und öffnete es. Der Wind war lau. »Ja«, dachte er, »das ist der Frühling.« Vor den Fenstern lag der Park. Am Rande der Hauptallee brannte eine Gaslaterne. Zwei Soldaten gingen durch den Park zum Bahnhof. Nikolas tat einen tiefen Atemzug.

Die Advokatenkanzlei

Theodor und Gretel Adorno gewidmet.

Scharfsinn und Vorsicht haben das System unseres Gesetzeswerks gestiftet. Wie könnten Handel und Verkehr gedeihen, Fleiß und Wohlstand Früchte tragen, hätten wir nicht das feinsinnig und mächtig angelegte Gebäude unseres Rechts? Die Richter, mit Gelehrsamkeit und Menschenkenntnis ausgestattet, legen die Gesetze aus, die Advokaten, mit Weisheit und Geschick, vermitteln zwischen Menschen und Gesetz. Die Advokaten studieren die Gesetze und die Entscheidung des Obersten Gerichts.

Die oberstgerichtlichen Entscheidungen standen in Lederbänden, mit goldenen Lettern auf den Buchrücken hinter Glasscheiben in der Bibliothek des Chefs. Ein Spannteppich bedeckte den Fußboden, der kalte Rauch von Zigaretten lag für gewöhnlich in der Luft. In den Sommermonaten hielt der Chef mitunter ein Fenster offen, dann hörte man die Hupensignale von der Straße, das Geräusch von bremsenden Automobilen auf dem glatten Pflaster und manchmal brachte ein lauer Windstoß den Geruch von Frühlingsluft und von Benzingasen herauf. Auf dem Schreibtisch stand eine Photographie in großem Silberrahmen. Eine Dame mittleren Alters in einem Abendkleid, sie hatte lange Handschuhe an, sie trug eine Perlenreihe, sie stand wie eine Königin. Sie war die Frau des Advokaten Dr. Klapp.

Das Haus, in dem die Kanzlei einen Teil des ersten

Stockwerks einnahm, war ein ehemaliges Adelshaus, das einzige Haus von solcher Art in dieser verkehrsreichen Gasse des Stadtzentrums. Als Dr. Klapp die Räume bezog, ließ er sie malen und an der geweißten Zimmerdecke kam jetzt die Stukkatur des achtzehnten Jahrhunderts mit besonderer Deutlichkeit zum Vorschein. Am reichsten war der Deckenschmuck des großen Mittelzimmers. Hier saßen die weiblichen Hilfskräfte an den Schreibmaschinen ebenso wie der Konzipient Dr. List. Ein etwas höher gestellter Konzipient war Doktor Wieserer. Er trug einen dünnen Schnurrbart an der Oberlippe, er saß in einem kleinen, aber eigenen Zimmer.

Von der Liebe, der eigentlichen Triebkraft des Lebens, von der Liebe, die einmal jede Kreatur ergriffen hat und die auch in einer Advokatenkanzlei alle Hoffnungen entzündet, von der Liebe also sprachen Fräulein Sommer und Frau Kratzenauer. Fräulein Kleinert sprach nicht von der Liebe und auch nicht von Fräulein Lange, obwohl sie einen Verlobten hatte.

Fräulein Sommer war am längsten in den Diensten Doktor Klapps, und Frau Kratzenauer behauptete, die rötlich-blonde Farbe ihres Haares sei nicht echt. Frau Kratzenauer machte auch Bemerkungen über Fräulein Sommers stattliche, wenn auch in keiner Weise übermäßige Figur, und sie sagte von ihr, sie schwärme heimlich für den Chef. Fräulein Sommer sprach aber immer nur von ihrem Postrat. Der Postrat war sehr eifersüchtig. Er litt an Rheumatismus, und während er ein halbes Jahr lang liegen mußte, hatte sie ihm ihre freie Zeit geopfert, man konnte sagen, sie habe ihn gesund gepflegt. So gesund jedenfalls, daß er nur noch hin und wieder Anfälle bekam, Anfälle minderer Natur und gar nicht zu vergleichen mit jenem eigentlichen, großen Rheumatismus, von dem Fräulein

Sommer mit Schauern und Ehrfurcht sprach. Der Postrat hatte schon verheiratete Kinder. Er schenkte Fräulein Sommer Opernkarten, und so konnte sie in der Kanzlei von Sängern und Sängerinnen erzählen, von Aïda, Othello und Rosenkavalier.

Was aber war des Postrats Rheumatismus, gemessen an der Tuberkulose, an der Frau Kratzenauers Mann so jung gestorben war? Sie hatten noch das letzte Jahr im gleichen Bett geschlafen, und Frau Kratzenauers schwarze Augen glänzten, wenn sie von den Freuden gerade dieses letzten Jahres sprach, Freuden, die nur der Husten unterbrochen und der Tod schließlich beendet hatte. Frau Kratzenauer fragte Dr. List, wie er es denn mit diesen Freuden halte, sie sprach von der Männerwelt und dem Genuß des Lebens. Der jüngste unter ihren Bekannten war ein Student. Er besuchte sie an Samstagnachmittagen, er redete nichts, und nach einer halben Stunde ging er wieder. Dr. List hatte Frau Kratzenauers Frage nicht beantwortet, die Schreibmaschinen klapperten, dünne Glockenzeichen kündeten das Ende einer Zeile an, und wurde eine fertige Seite aus der Maschine gerissen, dann geschah das mit einem kurzen schnarrenden Geräusch. Es war, wenn man die Anzahl der Angestellten bedenkt, eine große, bedeutende Kanzlei.

Bedeutend war jedenfalls die Klientel des Dr. Klapp, oder, um es genauer zu sagen: sie war an sich bedeutend, war aber doch zugleich in sich selbst nach verschiedenen Bedeutungsgraden abgestuft. Fräulein Sommer kannte diese Unterschiede, die jahrelange Praxis und das Vertrauen des Chefs hatten ihr, der eigentlichen Sekretärin, eine sichere Hand und den geübten Blick des Diagnostikers gegeben. Sie machte die Verabredungen, sie kündigte die Besucher an und führte sie hinein. Oft gab sie den anderen Erklärungen, denn diese hatten nicht viel Kenntnis von der

höheren Welt. Und wenn sie einen oder den anderen Besucher ins Chefzimmer begleitete, dann war das Zuvor-
kommende ihres Lächelns und die Promptheit ihres Be-
nehmens oftmals allein schon ein Beweis für dessen Rang,
und sie war befriedigt, wenn sie merkte, wie die Besprechung zu Ende ging, und wenn durch die gepolsterte Tür
hindurch ein herzliches und offensichtlich zustimmendes
Lachen Dr. Klapps zu hören war.

Fräulein Sommer wunderte sich oftmals über Fräulein
Kleinert. Sie war gewiss nicht älter als vierzig, ihr weißlich-
blondes Haar umrahmte ein Gesicht, das mancher freundlich finden mußte, wie kam es nur, daß sich kein Anwärter
für Fräulein Kleinert fand? Oder hatte es am Ende mit
ihren Sprachstudien eine besondere Bewandtnis, mit den
Abendkursen, die sie im Italienischen Institut besuchte?
Zweimal ereignete es sich aber, daß Frau Kratzenauer dem
Fräulein Kleinert abends auf der Straße begegnete. Es war
zehn Uhr. Sie kam von ihrem Kurs, man sah, daß sie allein
nach Hause ging.

Fräulein Kleinert lernte in der Tat die italienische Sprache. Sie hatte vor zwei Jahren einen dicken Brief erhalten,
einen Brief vom italienischen Kulturinstitut. In dem Briefe
war sie aufgefordert worden, Mitglied des Instituts zu
werden und Italienisch zu studieren. In knappen, aber
eindrucksvollen Worten wurde auf die Vorteile hingewie-
sen, die die Sprachkenntnis in verschiedenen Gebieten ga-
rantiere, im Geschäftsverkehr, in der Domäne der allgemeinen Bildung und im gesellschaftlichen Leben. Der Mit-
gliedsbeitrag war ferner in dem Brief genannt, er war nicht
hoch, und abgesehen von der Teilnahme an Sprachkursen
war der Zutritt zu Vorträgen und sonstigen Veranstaltungen inbegriffen und eine Ermäßigung bei Gesellschaftsrei-
sen vorgesehen. Ein Prospekt des italienischen Reisebüros

lag bei. Er zeigte Photographien des Gardasees, der Autostraße, die aus einem Felstunnel heraus zwischen glattes
Wasser und Oleanderbüsche führte, er zeigte die Piazet-
ta von Venedig und Mondschein über dem Meere vor
Neapel.

Fräulein Kleinert bekam nur selten Post. Sie las den
Brief, der offenbar aus Reklamegründen, aber doch an sie
persönlich abgeschickt war, sie las das Schreiben noch ein
zweites Mal, und die italienisch vorgedruckten Worte in
der linken oberen Ecke, die Worte: Istituto de Cultura
Italiana, enthielten plötzlich eine Lockung, eine Lockung
von südlichem Wein, belaubten Säulengängen und von
Mandolinenklang. Fräulein Kleinert war eine alleinste-
hende Dame, und sie beschloß, Italienisch-Unterricht zu
nehmen.

Das italienische Kulturinstitut, in einer ruhigen Straße,
im zweiten Stockwerk eines modernen Hauses, enthielt
einen Vortragssaal, zwei Klassenzimmer und administrati-
ve Räumlichkeiten. Als Fräulein Kleinert eintrat, sah sie an
zwei Schreibtischen nahe dem Fenster eine Dame und
einen jungen Mann, sie saßen in drehbaren Armstühlen, sie
sah an der Wand die Landkarte Italiens, eine Meeresland-
schaft im Farbendruck und in zwei überlebensgroßen
Photographien die Köpfe Mussolinis und des Königs. Die
Stille fiel ihr auf. An einer Tür zeigte ein Messingschild das
Wort: Direktor. Der junge Mann las eine Zeitung. Man
spürte den Geruch der neuen Möbel und die gute Luft des
nahen Kais.

Nachdem er Fräulein Kleinert bemerkt hatte, stand der
Beamte auf. Er nahm ihren Wunsch entgegen und füllte
eine Mitgliedskarte aus.

Fräulein Kleinert versäumte keine von den Stunden.
Wie hätte sie sonst den Vorrat an Wissen und Übung

erwerben und vermehren können, der die Kenntnis der italienischen Sprache und Grammatik ausmacht? Bald lernte sie Futurum und Perfektum, den Imperativ in drei verschiedenen Formen, und wenn sie ein Zeitwort konjugierte, dann merkte sie, wie sich der Rhythmus und die schöne Melodie des Worts veränderte. Vielleicht war sie in ihren Aufgaben umso fleißiger und umso genauer, als sie sich bald denken mußte, daß sie in dem Abendkurs, der ohnehin nicht gut besucht war, die einzige sei, die des Vergnügens wegen kam. Der eine von den Teilnehmern war Beamter des Außenministeriums, die beiden anderen waren Angestellte einer italienischen Firma, und das junge Mädchen, das den Kurs besuchte, erzählte bald, daß sie die Absicht habe, einen Italiener zu heiraten, mit ihm auszuwandern und in New York eine italienische Buchhandlung zu gründen. Fräulein Kleinert war es darum vielleicht allein, die übrig blieb, um das Studium des Italienischen als solches in seiner Freundlichkeit und Schönheit hochzuhalten.

Der Professor, in der Mitte seiner Dreißig, war von schwächlicher Statur, er trug einen kleinen schwarzen Schnurrbart, und offenbar infolge einer Krankheit war eines seiner Augenlider halb geschlossen. Aber trotzdem war er sehr feurig in seinen Erklärungen. Oft hob er die geschlossene Faust, um, während er ein neues Wort aussprach, die Hand geschwind wie ein Pistolenschuß zu öffnen und seine Finger in die Luft zu schnellen. Zu Fräulein Kleinert war er immer höflich.

Sie war auch wirklich eine beispielhafte Schülerin. Sie folgte den Erläuterungen auf das genaueste, und sie meldete sich immer, um die italienischen Sätze vorzulesen. Zu Hause, wenn sie sich am Abend für die Stunden vorbereitete, sprach sie die Sätze oftmals halblaut vor sich hin, und sie empfand dabei schon etwas von der Freude, die es ihr bereiten mußte, in der Kursstunde vor dem Professor und den anderen vorzulesen, während ihre eigenen Lippen die geheimnisreiche Sprache formen würden.

»Signorina Lucia, ha scritto alla modista che noi desideramo aver i nostri cappelli per domenica?« Eine Welt von bisher unbekannter Schönheit eröffnete sich ihr in solchen Wendungen. Denn in dem Worte Signorina lag die Würde südlicher Frauen und die Weichheit eines dunklen Blicks. Und während in dem Namen Lucia die Melodie der Barkarole klang, zeigten die Worte ha scritto die Schreiberin in abgedunkeltem Zimmer, wie sie lässig ein paar Worte in großem Schriftzug auf den Briefbogen fliegen ließ, und in dem kräftigen Akzent des Worts domenica lag das Licht des sonntäglichen Vormittags. Fräulein Kleinert wiederholte solche Sätze oft, und manchmal arbeitete sie bis in den späten Abend, bis es in der Nachbarwohnung schon ganz still geworden war und man durch die Wand hindurch die Pendeluhr die elfte Stunde schlagen hörte.

Es muß aber gesagt sein, daß sich Fräulein Kleinert – ganz abgesehen von ihrem Bildungsstreben – auch in der Kanzlei bewährte. Es bedeutete für Dr. Klapp und Dr. Wieserer im Grunde keinen Unterschied, ob Fräulein Sommer mit all ihrer Praxis und Beschlagenheit oder Fräulein Kleinert auf ihr Glockenzeichen hin zur Entgegennahme des Diktats erschien.

Dr. Klapps Diktat war immer deutlich. »Schreiben Sie, Fräulein«, sagte er, obwohl es offensichtlich war, zu welchem Zwecke Fräulein Kleinert mit aufgeschlagenem Notizblock neben seinem Schreibtisch saß. Dann aber machte er eine Pause. Fräulein Kleinert blickte ihn an. Er war trotz seiner nahenden Sechzig noch wie ein Sportsmann anzusehen. Er trug sein blond und grau gemischtes Haar gescheitelt, seine Hemden waren glatt, in jedem seiner goldenen Manschettenknöpfe glänzte ein kleiner Diamant.

Hatte er einmal begonnen, dann diktierte er in einem Zug, und es mußte auffallen, mit welcher Selbstverständlichkeit er in der Welt der Paragraphen waltete, daß er sich dieser vieldeutigen und wahrscheinlich schrecklichen Rätselwesen wie ein Zauberer bediente, daß er vielleicht gerade erst in seinen vorgerückten Jahren die Leichtigkeit des Meisterfechters, diese letzte Virtuosität erworben hatte. Seine Briefe waren kleine Lesestücke, und kehrten auch die gleichen Wendungen von Höflichkeit und Achtung wieder, so tat das doch dem Geist von Ritterlichkeit keinen Abbruch, der sich in Dr. Klapps Korrespondenzen immer offenbarte. Wenn er dem Schuldner eines der bedeutenden Klienten in einem letzten Brief die Zwangsverwaltung ankündigte und so ein Buch von Hoffnungen, Geschäft und von Familienglück für immer schloß, dann versäumte er es nicht, auch diesen Adressaten seiner ganz besonderen Schätzung zu versichern. Was er sich dachte, das wußte Fräulein Kleinert nicht, sie wußte es nicht, wenn er präzis und unbewegt die Post diktierte und wenn er, während noch das kleine Lächeln, mit dem er sie entließ, auf seinen Lippen stand, bereits den nächsten Akt vor sich auf seinem Schreibtisch liegen hatte und ihn mit der düsteren Sammlung des Gelehrten öffnete.

Was Dr. Wieserer betrifft, so scherzte er gern mit Frau Kratzenauer. Er sagte, ein Jurist habe in erster Linie die Pflicht, Jurist zu sein, aber wenn er nicht das Leben von seiner guten Seite kenne, dann sei der Jurist kein Mensch und ergo kein Jurist. An den Abenden sah man ihn oft mit seiner kleinen blonden Frau in dem bekannten Gartenrestaurant des Stadtzentrums, wo man das helle Bier in hohen Gläsern frisch vom Faß servierte. Hier saß er manchmal auch an einem langen Tisch, wenn sich die Kameraden seiner Studienzeit zusammenfanden, die Brüder seiner Burschenschaft, in der er – wenn auch dem Kalender nach noch ein recht junger Herr – als »alter Herr« fungierte. Die Zeit des Frühlingsrausches, des jugendlichen Sturm und Drangs, sie hatte wie ein Pflug die große Schramme in seiner linken Backe hinterlassen. Jetzt war er der Besitzer eines kleinen Wagens. Er führte die eigene Familie an Sonntagen ins Freie, sie packten am Waldesrand das mitgebrachte Essen aus, während zwei kleine Knaben ihre neuen Anzüge mit Fleischsalat beschmutzten und die Papierbecher mit Kaffeegehalt umstießen, denn dieses, wie er wußte, ist der Lauf der Welt.

Die Briefe, Schriftsätze und sonstigen Akten, die Dr. Klapp und Dr. Wieserer diktierten, schrieb Fräulein Kleinert fehlerfrei. Sie war mit den juristischen Ausdrücken und deren Rechtschreibung vertraut, sie wußte die Breite eines Randes einzuhalten und aus den Seiten, die sie am Schluß des Arbeitstags zur Unterschrift vorlegte, stieg so die Sauberkeit von neugebackenem Brot, die Frische eines Kuchens auf.

Nur der Konzipient Dr. List schrieb seine Briefe für gewöhnlich selbst.

»Er hat seine ganze Studienzeit durchgehungert«, sagte Fräulein Sommer von ihm, »aber Sie werden sehen, wie weit er es bringen wird.«

»Ein komischer Mensch«, sagte Frau Kratzenauer. »Warum redet er nichts?«

»Ein stilles Wasser«, sagte Fräulein Lange.

»Aber er hat einen Kopf«, sagte Fräulein Sommer. Sie tippte mit dem Finger auf ihre eigene Schläfe und machte durch die Lokalisierung klar, wovon sie sprach.

»Ich mag ihn nicht«, sagte Fräulein Lange. »Solche Leute nennt man Streber. Warum sitzt er auch jeden Abend bis acht oder neun Uhr hier?«

»Der Chef hat ihn jedenfalls lieber als den dort«, sagte Fräulein Sommer und zeigte auf Dr. Wieserers Zimmer.

»Ich weiß nicht«, sagte Fräulein Lange, indem sie ihre Achseln zuckte und ihr Gesicht versteinerte hier mitten in der Kanzlei. Sie war gekränkt, sie war mit höherem Wissen ausgezeichnet. Ihr Bräutigam fuhr oft ins Reich.

Der Bräutigam blieb manchmal über einen Sonntag fort. Dann fragte Fräulein Lange, ob Fräulein Kleinert nicht den Nachmittag mit ihr verbringen wolle. Sie gingen in ein Lichtspielhaus, zu einem Promenadenkonzert oder in die große Konditorei. Sie saßen hier an einem der goldenen, prinzlich verschnörkelten Tischchen, und hatten sie die dicken Krapfen mit Kaffee- oder Schokoladenglasur verzehrt und auch den letzten Rest des Schlagobers von ihren Tellern weggeschabt, dann sahen sie, wie die Familien sich langsam zwischen dicht gedrängten Tischen vorzuschieben suchten, sie sahen die sonntägliche Aufregung der Kellnerinnen, die bewegungslosen Gesichter der Gäste, die einen Platz gefunden hatten, und den Zigarettenrauch, der in der Luft der Fünf-Uhr-Stunde lagerte. Fräulein Lange sprach immer nur von ihrem Bräutigam und seinen glänzenden Aussichten, und war er nicht auf Reisen, dann sagte Fräulein Kleinert, sie sei nicht unzufrieden, an einem Sonntagnachmittag ein Kleid zu ändern, ihren Teppich zu putzen oder ihren Kasten umzuräumen. In ihrem Zimmer in der hochgelegenen Vorstadt, das Luft und auch die Aussicht auf einen kleinen Kinderspielplatz bot, hörte sie dann ein und das andere Radio und manchmal auch Klavierspiel, da einige Familien in dem Gebäude gleich ihr den Nachmittag nicht außer Haus verbrachten.

Um die vierte Stunde kam meist ein kurzes Läuten,

dann stand der kleine und bebrillte Herr vor ihrer Tür. Er hatte nur vier Zähne übrig und zu Hause lag seine Frau gelähmt im Bett. Fräulein Kleinert gab ihm ihren Beitrag, obwohl sie wußte, das Leiden in der Welt sei ohne Maß und ihr Gehalt bei weitem nicht genügend, es zu stillen. Aber sie sah den kleinen Herrn, sie sah, wie er in seiner zahnlosen Bescheidenheit von vielen Arbeitgebern abgewiesen wurde und wie er schließlich, ergeben in das Schicksal, den kleinen Überrock anlegte und, um seinen jetzigen Rundgang anzutreten, aus dem Zimmer ging, während die Frau, wenn auch gelähmt, ihm nachblickte und ihn bat, er solle vorsichtig die Straßen überqueren.

Am Abend fand Fräulein Kleinert meist noch Zeit, ihre italienische Aufgabe ein letztes Mal zu überprüfen, und da sie nach sechs Monaten den Gebrauch von unregelmäßigen Verben lernte und schon Beispiele von kleinen Briefen schrieb, so konnte man von schnellem Fortschritt sprechen.

II.

Fräulein Kleinert hatte den Winter über und auch im Frühjahr eifrig ihren Kurs besucht, und als ihre zwei Urlaubswochen näherrückten, beschloß sie eine Reise nach Italien. Fräulein Sommer war beeindruckt, als sie ihr das Programm der Gesellschaftsreise zeigte. »Fabelhaft«, sagte sie, »die neue Glocknerstraße, die Dolomiten, die oberitalienischen Seen und noch dazu Venedig!« und sie verzog den Mund, als empfinde sie einen Schmerz bei der Vorstellung von so viel Schönheit und Besichtigung. Sie selbst verbrachte ihren Urlaub immer an der Küste Jugoslawiens, und auf den kleinen Gruppenbildern, die sie zeigte, war sie im Schwimmkostüm zu sehen. Die Damen lösten einander

mit ihren Urlaubsreisen ab, und auch die beiden anderen
hatten ihre Pläne: Frau Kratzenauer fuhr nur nach Karls-
bad, sie fuhr zu ihrer Mutter, und Fräulein Lange hatte die
bayerische Alpenwelt im Sinn.

So kam es also, daß Fräulein Kleinert in Linz den offenen Autobus bestieg, und ehe sie feststellen konnte, wo ihr
Handkoffer und ihr kleiner Schirm verladen waren, bereits
ein wenig Atemnot verspürte, denn die Landstraße war
kerzengerade, und sie fuhren mit unerwarteter Geschwindigkeit. Es ging bis Wels. Dann aber wurden die Hügel
grün, und ein Gebirge erstreckte sich in fernem Rauch.
Offene Felder lagen zwischen Wald und Fluß, der Vormittag rückte vor, es dauerte nicht lange, und sie fuhren in die
engen Gassen einer Stadt, sie fuhren zu der Brücke, sahen
die Arkadenhäuser an den Ufern und die Festung Hohen-
salzburg über ihren Köpfen.

Sie aßen Sauerbraten, Kochsalat und Sachertorte und
saßen dabei in einem Garten, an freundlichen gedeckten
Tischen, dann führte man sie auf den Platz, sie hörten das
Glockenspiel, es war die Melodie der Zauberflöte, und das
Geburtshaus Mozarts war der nächste Punkt auf dem Programm. Der Führer wiederholte, daß Mozart der Komponist der »Zauberflöte« sei, er zeigte die Zimmer mit den
altmodischen Tapeten, er zeigte auch ein winziges Klavier
mit schwarzen Untertasten und mit weißen Obertasten, an
dem der Komponist, begeistert, jung und sicherlich sehr
arm, gesessen war. Trotzdem ein Warnungsschild es aus-
drücklich verbot, versuchte einer von den Reisenden das
Niederdrücken einer Taste. Ein dünner und zerbrechli-
cher Ton wurde hörbar, und während eine von den Damen
sagte: »Da sieht man, mit wie einfachen Mitteln er zufrieden war«, und eine andere meinte, das sei die wahre Größe,
ließ der Fahrer unten in der Gasse seinerseits die Hupe

klingen, auch der Führer drängte, es stiegen alle ein, und nach einer Fahrt durch feuchtes Talgelände, vorbei an Wiesen und an nebligen, verhängten Bergen, kam die Gesellschaft zur Nachtmahlzeit nach Zell am See.

Sie aßen hier in einem großen Speisesaal, an vielen Tischen wurde ungarisch gesprochen, durch die Fensterscheiben sah man das Widerspiel von Lichtern auf dem dunklen Wasser, es war ein warmer Abend. Einer von den Herren aus der Gesellschaft, ein Mittelschulprofessor, versuchte sein Glück mit einem Geldspielautomaten, die anderen sahen zu, und alle gingen bald zu Bett.

In der Frühe trat Fräulein Kleinert auf ihren Balkon. Der See war dunkelblau. Die Berge, die ihn umrahmten, standen scharf umrissen in der klaren Morgenluft, kleine Stücke von Schnee glitzerten in der Sonne. Sie hatte die Alpenwelt noch nie gesehen. Ein Boot stand auf dem Wasser, der junge Mann und eine Frau, die darin saßen, waren beide weiß gekleidet, die Hotelgärten und die Schwimmanstalten waren leer. Im Nebenzimmer räusperte sich jemand, das Klirren von Frühstücksgeschirr kam aus dem Erdgeschoß herauf.

Fräulein Kleinert kleidete sich an und ging hinunter. Manche von den Hotelgästen saßen schon im Speisesaal, die Kinder bekamen ihre gewohnte Mahlzeit, eine Dame, ihren kleinen Jungen an der Hand, blieb auf dem Weg zu ihrem Frühstückstisch an einem anderen Tische stehen, sie erörterte die Wetteraussichten des Tages, sie trug ein Dirndlkleid und ihre Stickerei stak in einer großen offenen Tasche. Die Herren saßen in kurzen Lederhosen, manche lasen ihre Zeitung, und Fräulein Kleinert sah, wie die Gewohnheiten des Urlaubsalltages weit in die Zeit vor der Ankunft ihrer Reisegesellschaft zurückreichten und wie sie auch nach deren Abfahrt ungehindert fortbestehen würden.

Die Abfahrt wurde sehr beschleunigt. Der Wagen fuhr mitten in die Bergeswelt hinein. Ein breites Tal stieg an, sie sahen Kuhherden und hölzerne Behausungen, der Wagen nahm die Steigung mit mäßiger Geschwindigkeit, die Sonne brannte. Sie waren jetzt auf der berühmten Glocknerstraße. An der Waldgrenze begann ein Wind zu blasen und setzte die große Fläche von Nadelsträuchern in Bewegung. Fräulein Kleinert verspürte einen Schwindel, aber der Wagen fuhr weiter in den Berg hinein, nahm scharfe Kurven, ohne seine Geschwindigkeit zu verändern, und an der Straße, die unter ihnen lag, konnte sie erkennen, daß sie immer höher stiegen.

Eine Schicht von Nebel rückte vor, und sie fuhren geradeswegs hinein. Das Dach über dem Wagen wurde aufgespannt, man war im Regen. Sie kamen in einer dichten Wolke vor das Glocknerhaus, man spürte ein feuchtes Prickeln in der Luft.

Beim Mittagessen, das im Innern eingenommen wurde, zeigte es sich, daß die Gesellschaft einen Witzbold mit sich führte: Er sagte zum Kellner: »Bringen Sie mir Schnitzel à la Holstein, aber bitte sehr viel à la.« Die Mitreisenden lachten laut und herzlich. Da ein Verkäufer mit verschiedenen kleinen Waren an den Tisch trat, wählte Fräulein Kleinert zwei Ansichtskarten und schickte Grüße aus dem Glocknerhaus an Fräulein Sommer und an Fräulein Lange. Draußen war der Nebel inzwischen in Bewegung geraten, er fuhr in einzelnen Schwaden an Felsstücken und an kleinen Schneefeldern vorüber.

Während die Gesellschaft zum Pasterzengletscher ging, sagte der Witzbold, es sei die Hauptsache bei solchen Abenteuern, den Humor nicht zu verlieren. Er war Prokurist einer Bankfiliale. »Vorsichtig, Gnädige«, sagte er, »wenn Sie die Absicht haben zu fallen, dann lassen Sie es mich wissen.« Der Weg war glatt, und der Prokurist bot verschiedenen Damen nacheinander seinen Arm. Wenn die Wolken auseinandertraten, hatte man einen Durchblick zu anderen Schneefeldern und schneebedeckten Kuppen und manchmal in ein breites Tal. Fräulein Kleinert wunderte sich namentlich, als sie den Gletscher sah. Er endete in einem Feld von Geröll, die Eiswand war grünlich und voll schmutziger Risse.

Während sie am Nachmittag weiterfuhren und die Straße wieder abfiel, hellte sich das Wetter auf. In Heiligenblut fanden sie einen klaren Abend. Die kleine Kirche und das Tal lagen im Licht der letzten Sonnenstrahlen und dahinter, in mäßiger Ferne, lag das Schneemassiv vom Groß- und Kleinglockner.

Vor vielen hundert Jahren, lange vor dem Bestehen der alten Glocknerstraße und eines österreichischen Alpenklubs, hatte ein abenteuerlicher Däne auf der Rückreise in seine Heimat in einer Winternacht den Weg im Alpenland verloren. Der Schnee senkte sich auf den toten Mann und seine heilige Kostbarkeit. Der Kaiser von Byzanz hatte ihm als Entlohnung für bedeutende Dienste einige Tropfen vom Blute des Erlösers mitgegeben. Er trug die kleine Glasphiole in einem seiner hohen Stiefel. So kam es, daß einige von den Bauern, die schon in diesem rauhen und frommen Jahrhundert bis weit hinab in den Tälern der Hohen Tauern angesiedelt waren, am nächsten Morgen das Wunder in der Schneelandschaft entdeckten. Sie sahen drei grüne Weizenähren aus dem Boden wachsen. Sie gruben, und da sie den fremden Toten fanden, wollten sie ihm ein ehrbares Begräbnis geben. Aber ihre Ochsen weigerten sich, die Leiche fortzuziehen. Die Tiere rührten sich nicht, und so beschlossen die Bauern, die Bestattung ohne Zeremonie an Ort und Stelle vorzunehmen. Bald jedoch ereignete sich ein neues Wunder, und jetzt war es der Stiefel selbst, der aus dem Schnee herauswuchs. Jetzt fand man auch das kleine heilige Gefäß, und der Bischof, der inzwischen seinerseits schon aus Byzanz einen Bericht über die Abreise der heiligen Materie erhalten hatte, ließ selbstverständlich eine Kirche bauen.

Die Reisegesellschaft besuchte die Kirche – es war eine neue, an Stelle der alten abgebrannten errichtet – und man zeigte die Monstranz, in der die heilige Phiole eingeschlossen war. Als sie aus der Kirche heraustraten, sahen sie, daß andere Reisegesellschaften in langen Autobussen angekommen waren. Die neue Glocknerstraße hatte dem Ort einen starken Aufschwung gegeben. Man hörte fremde Sprachen, sah Autobusreparaturwerkstätten und viele Hotels im Bauernstil.

Fräulein Kleinert hatte starke Kopfschmerzen. Frau Dr. Wahle, die Frau des Gymnasialprofessors, meinte, das käme vom schnellen und häufigen Atmosphärenwechsel, und gab ihr eine Aspirintablette. Es half nicht viel, und Fräulein Kleinert mußte das Nachtmahl versäumen. Sie hörte am nächsten Tag, daß es besonders gut gewesen sei und daß man sich ausgezeichnet unterhalten habe, namentlich dank den Witzen des Prokuristen.

Gegen Mittag dieses nächsten Tages hielt der Wagen vor einem Posten schwarzer Uniformen. Die eleganten wortkargen Soldaten ließen ihn passieren, und Fräulein Kleinert sah sich in Italien. Aber die Fahrt ging wieder nur auf Bergstraßen, über Paßhöhen und durch hochgelegene Täler. Sie sahen die roten Dolomitenfelsen, vielfältig gezackt in mittlerer Größe von einem freundlichen und blauen Himmel abgehoben, sie wurden in neuerrichtete Hotels gebracht, genossen die hellen, frisch lackierten Möbel und sahen eine Jugend schon am Vormittag auf den Terrassen tanzen, während die gedämpfte Jazzmusik sich in der starken und gesundheitsfördernden Höhenluft verbreitete. Die Friedhöfe, deren niedrige Holzkreuze in dichten Reihen standen, stammten aus der Zeit der Kämpfe in den Dolomiten. Damals waren die Hotelpaläste brauchbare Befestigungen gewesen und eine kleine Konditorei ein gefährliches Maschinengewehrnest. Das alles war jetzt wieder aufgebaut, die Häuser sogar bedeutend modernisiert, die Kriegstechnik hatte ihrerseits in zwanzig Jahren große Fortschritte gemacht und konnte sich jetzt die Bauten, das Terrain, das Netz von erstklassigen Straßen in wirksamer Weise nutzbar machen. Einstweilen spielten internationale Sommergäste auf den hügeligen Alpenwiesen Golf. Oft flog ein Ball gerade mitten zwischen die Soldatengräber. Die Luft war rein, die Aussicht von besonderem Zauber.

War dieses nun das Land Italien, das Land, von welchem Fräulein Kleinerts Vorstellungsvermögen so viele unbestimmte, aber immer farbenfrohe Bilder malte, die Wiege der abenteuerlichen melodienreichen Sprache? Sie konnte jetzt täglich italienische Gespräche hören, hörte, wenn der Oberkellner einen seiner untergebenen Kellner an das Kartoffelpüree an diesem Tisch oder die Limonade an jenem dort erinnerte, es ging auch manchmal stürmisch zu und heftige Worte flogen von den Kellnern in die Küche, von der Küche an den Oberkellner und vom Oberkellner an die Kellner. Man hörte dann, wie in der Eile die Metallkuppe über eine Schüssel geschlagen wurde, man roch gebratenes Geflügel, das Gemüse und die Bäckereien.

Fräulein Kleinert machte auch selbst von ihren Italienisch-Kenntnissen Gebrauch. Sie tat es, wenn sie mit dem

Portier, mit einem Kellner oder dem Hotelstubenmädchen sprach. »Ah, Signora parla italiano?«, wurde sie gefragt, und wenn sie das bestätigte, dann hörte sie noch ein paar Bemerkungen über das Wetter und die lebhafte Reisesaison. Die Hotelangestellten begleiteten ihre Mitteilungen mit starken Gesten und versicherten sich dessen, daß die Fremde alles verstand. Auch die Reisegesellschaft bemerkte Fräulein Kleinerts sprachliche Fertigkeit. Der Prokurist nannte sie »unsere blonde Italienerin« und erntete mit der Bemerkung Lachen und Erfolg.

Von Madonna di Campiglio fuhr die Gesellschaft an den Comer See. In dem Tal, das sie durchfuhren, kam ihnen plötzlich eine schwerere und warme Luft entgegen und brachte den Geruch von Blättern, Straßenstaub und unbekannten Früchten mit. Ein Stück der italienischen Ebene hatte sich zwischen die Berge vorgeschoben. Jetzt sahen sie Kastanienbäume auf dem helleren Grün der Wiesen und bald auch schon die fahlen Blätter der Oliven. Sie kamen dann in sumpfiges Gebiet und schließlich an den See. Die Häuser waren hier von weißer, roter oder gelber Farbe, die Dächer waren flach, vereinzelte Palmen standen in den Gärten. Die Hitze war sehr groß, die Mitglieder der Reisegesellschaft waren alle still geworden.

Am Nachmittag wurden sie in die Gärten der Villa Carlotta geführt. Sie gingen bergauf und bergab, während der Führer die Besonderheit der Vegetation erklärte. Erwartete er, daß ihnen die preußische Prinzessin etwas bedeuten würde, zu deren Ehren der Park benannt war, der sich mit Oleander und Magnolien und mit dem Ausblick auf das Alpenland zu einer strahlend blauen Wasserfläche senkte? Es war so heiß, daß Fräulein Kleinert eine Bank im Schatten suchte und sich darauf setzte. Am nächsten Tag wurde ein anderer See, waren andere Parkanlagen und eine andere Fürstlichkeit als Ziel für die Besichtigung vorgesehen. Diesmal war der mächtige Graf ein Borromeo, der Führer ließ das doppelte r des Wortes Borromeo wie einen kleinen Donner rollen und brachte damit das Große und Ehrfurchtgebietende des Namens mit aller Deutlichkeit zur Geltung. Dem Borromeo gehörte nicht nur die Isola Bella mit Garten und Palast, mit Zedern und Orangenbäumen, sondern auch die Isola Madre und wahrscheinlich alles andere im Lago Maggiore und an dessen Ufern, gleich jenem Herrn Kanitverstan aus unserem Lesebuch, dem Häuser, Schiffe und alle Herrlichkeiten einer Stadt gehörten und der am Ende doch begraben wurde.

Sie übernachteten in Stresa, und das Hotel war leer. Die Gäste – clienti –, sagte der Portier, seien jetzt a la montagna, in den Bergen, und er schlug mehrmals seinen Handrücken nach oben. Jetzt habe man die tote Saison, es sei troppo caldo, troppo caldo, viel zu heiß. Er schien noch jung zu sein, aber sein Kopf war kahl, er wischte die Schweißperlen von seiner Glatze ab.

In Mailand, wo sie zu Mittag aßen, zeigte man den Dom, der seinerzeit der größte Dom der Erde und jetzt noch immer ein sehr großer Dom war. Man zeigte die berühmten Bilder in der Galerie, die meistens religiöse Stoffe hatten, und zum Schluß ließ man die Reisegesellschaft das allerberühmteste Bild der Welt erblicken. Es war das Heilige Abendmahl. Aber Leonardo da Vinci, der nicht nur der größte Maler, sondern überhaupt auch als Zeichner, Architekt und Ingenieur das Allergrößte war, hatte gerade bei diesem Bild eine neue Art von Farbe ausprobiert. Jetzt war es kaum erkennbar, denn Größe und Berühmtheit kümmert sich, je größer und berühmter sie ist, wahrscheinlich um so weniger darum, was eine Reisegesellschaft in so und so viel hundert Jahren sehen wird, und bleibt trotz allem groß und sehr berühmt. »Ja«, sagte der Prokurist, »so geht es eben.«

In Verona bekam Fräulein Kleinert die Hitze besonders stark zu fühlen. Man gab ihr nämlich ein Mansardenzimmer, und die Sonne hatte den ganzen Tag lang auf das Dach gebrannt. Der Hotelier bedauerte, es war die Zeit der Freiluftvorstellungen. Für die ganze Gesellschaft waren im übrigen Karten reserviert. Man spielte »Lohengrin«. Sie saßen in der Arena, die Platz für viele tausend Menschen bot, und obwohl die Bühne weit entfernt war, konnten sie die Vorgänge genau verfolgen. Namentlich das Wasser, auf dem der Schwan und mit dem Schwan der silberne und blaue Ritter angefahren kam, schien sehr natürlich. Die Oper war lang. Fräulein Kleinert sah den Nachthimmel über der Arena, er wölbte sich, die Sterne waren ungezählte goldene Punkte. Sie sah den Großen und den Kleinen Bär, die Milchstraße und die Venus. Sie wußte, daß seit jeher und auch heute noch manche Menschen das Bild der Sterne mit dem Schicksal in Verbindung bringen. Sie selbst war allerdings nicht abergläubisch. Aber wenn sie an die Entfernungen dachte, die nach Millionen zählen, an die Unendlichkeit des Raumes und den Weg der Sterne und unten auf der Bühne die Opernvorstellung betrachtete, dann kamen ihr trotz allem vielerlei Gedanken.

In Verona sahen sie einen Gemüsemarkt, der von Palästen eingeschlossen war, sie sahen Grabdenkmäler, sahen wieder eine Bildergalerie und am Nachmittag ging es nach Padua weiter. Auf der Fahrt wurde es ein wenig kühler, der Prokurist kam in gute Laune und begann zu trällern: »Er liegt in Padua begraben, beim Heiligen Antonius.«

»Wer liegt in Padua begraben?« fragte eine von den Damen.

Der Prokurist war seiner Sache nicht ganz sicher. »Ich glaube der Faust«, sagte er.

»Unmöglich«, meinte eine andere Dame.

Herr Dr. Wahle wußte es. Die Figur war wohl im »Faust« genannt, aber es war Herr Schwerdtlein, der Mann der Witwe Schwerdtlein.

Beim heiligen Antonius fanden sie allerdings das Grabmal nicht. Aber sie saßen auf der Steinbalustrade des Kreuzgangs, und der Vormittag war so still, daß man das Zwitschern eines Vogels hörte. Vor ihren Augen erhob sich der Bau von Sakristei und Kirche und stieg mit Mauern und mit Dächern gleich wie in mehreren Kulissen zur hellen Kuppel an. Die Reise ging schon bald zu Ende. Venedig war ihre letzte Station.

In Venedig wurden sie in Gondeln zum Hotel gebracht, und als Fräulein Kleinert in der Nacht in ihrem Zimmer lag und das Plätschern des Kanals am Mauerwerk des Hauses hörte, da schien es ihr nun doch, als habe sie sich mit der Italienreise eine Fahrt ins Märchenland vergönnt.

Aber am nächsten Morgen fühlte sie sich nicht sehr wohl. Sie fragte Frau Dr. Wahle um Rat und diese, sehr erfahren, meinte, eine Verdauungsstörung komme bei solchen Reisen häufig vor und riet ihr, den Tag über im Bett zu bleiben. Ein ältliches und dickes Stubenmädchen brachte ihr Bouillon und Tee und eine Wärmflasche.

Gegen Abend allerdings versuchte Fräulein Kleinert aufzustehen, sie war schwach, sie setzte sich in die Halle. Hinter einem hohen Pult stand der Portier. Fräulein Kleinert hatte auf ihrer Reise viele Hotelportiers gesehen. Aber dieser hier war ein gewaltiger Mann. Er trug eine goldgeränderte Brille, sein Bart war dicht und von der tiefsten Schwärze. Er beantwortete viele Anrufe und sandte langsam, wie eine schreckliche Gottheit, seine Baßstimme ins

Telephon. Er mußte ein rätselhafter, ein besonderer Portier sein, wenn die Hotelleitung sich entschließen konnte, ihn so dunkel und so furchterregend gerade in die Regierung der Empfangsräume einzusetzen. Bald kamen die anderen von ihren Besichtigungen ins Hotel zurück, und eine von den Damen meinte, Fräulein Kleinert habe nicht sehr viel versäumt, es seien ohnehin nur wieder Kirchen, Statuen und eine Bildergalerie gewesen.

Aber am folgenden Tag – es war der letzte vor der Rückfahrt – konnte Fräulein Kleinert, wenn auch noch nicht ganz wohl, mit allen anderen auf den Lido fahren. Sie sah das perlgraue Meer, die farbigen Strandkabinen und die zwei majestätischen Hotelpaläste, die abgesehen von allem Glanz, noch kleine ebenerdige Restaurants für die allerbequemsten unter ihren Gästen offen hielten, die gern in Bademantel und Schwimmkostüm das Mittagessen nahmen.

Der letzte Abend brachte noch eine Gondelfahrt, eine Fahrt über den Canale Grande, auf dessen Fläche die Laternen vieler anderer Gondeln klein und festlich brannten, eine Fahrt durch dunklere Kanäle, unter schmale Brükken und um Häuserecken, wo der Ruderer seine Warnungsrufe hell und melancholisch in die Nacht verklingen ließ.

Es war schon eine späte Stunde, als Fräulein Kleinert ins Hotel zurückkam. Ihr Zimmer lag am Ende eines Ganges, der um viele Winkel führte. In einem dieser Winkel, bei einer Lampe, die auf einem kleinen Tisch stand, saß das dicke Stubenmädchen. Sie stopfte Strümpfe und neben ihr saß der Portier. Jetzt saß er in Hemdärmeln und seine Brille hatte sich gesenkt. Wer weiß, sie waren vielleicht Eheleute. Sie lebten in der Stadt der Gondeln und der traumhaften Kanäle. Er war vielleicht ein guter Mann. Er hatte seine Tagesarbeit hinter sich, er liebte es, spät am Abend neben ihr zu sitzen und ihr schweigend zuzusehen. Fräulein Kleinert ging zu Bett. Ihre Reise war beendet.

III.

Nach ihrer Rückkehr setzte Fräulein Kleinert ihre Sprachstunden erfolgreich und mit Interesse fort. Sie besuchte die Veranstaltungen des Instituts, und wenn bei einem Vortrag von der Kunst oder den Landschaften Italiens die Rede war, dann wußte sie jetzt besser, wie sie sich alles vorzustellen habe.

Einer der Vorträge behandelte die Arbeitsverhältnisse im neuen Italien. Unter den Zuhörern dieses Vortrages sah Fräulein Kleinert ein Mitglied der Kanzlei. Es war der Konzipient Dr. List.

»Sie besuchen diese Veranstaltungen?« fragte er. Sie verließen gemeinsam das Lokal. »Wissen Sie denn nicht«, fragte er sie weiter, »daß alles nur Propaganda ist? Und noch dazu keine sehr kluge Propaganda. Wissen Sie, was diese Leute in Wirklichkeit mit uns vorhaben? Heute kämpfen sie als vermeintliche Freiwillige in Spanien, morgen werden sie in Österreich kämpfen, übermorgen hier und schließlich auf der ganzen Welt. Sie haben große Pläne. In Deutschland trifft man schon mit wissenschaftlicher Gründlichkeit alle Vorbereitungen zum Krieg, mit Gasmasken, mit Luftschutzkellern und allem, was dazu gehört.«

Fräulein Kleinert war über den Konzipienten überrascht. Er merkte es und meinte: »Aber wahrscheinlich sollte ich Sie nicht beeinflussen.«

»O nein«, sagte Fräulein Kleinert, »das macht gar

nichts.« Sie fügte allerdings hinzu, daß sie sich um Politik ebenso wie um Religion niemals gekümmert habe.

Aber von Politik und Religion bekam Fräulein Kleinert jetzt immer mehr zu hören. Denn nach der Besetzung Österreichs sprach bald kaum jemand mehr von etwas anderem. Fräulein Lange war besonders aufgeregt. Ihr Bräutigam machte jetzt viel häufigere Reisen und blieb auch jedesmal viel länger fort. Fräulein Lange sagte, die Zustände in unserem Land seien untragbar geworden und alles sei von Juden und von Kommunisten beherrscht. Fräulein Kleinert hatte keine Veränderung bemerkt, aber die Politik hatte eben ihre eigenen Wege. Was aber die Juden betreffe, so meinte Fräulein Lange, der Chef in seiner Stellung sei nur ein Beispiel für deren Einfluß, und auch Fräulein Sommer sei ein jüdischer Schandfleck in der Kanzlei. Das neue Reich müsse sich vor seinen Feinden hüten.

Gewiß hätte Fräulein Kleinert fragen können, warum gerade jetzt, da das Reich so glücklich und so stark geworden war, seine Feinde plötzlich so gefährlich schienen, aber sie hatte wieder einen schweren Brief vom italienischen Institut erhalten, einen Brief, der, als sie ihn geöffnet hatte, mit seinem dicken Papier, den gestanzten Lettern und dem goldenen Wappen in ihrem Zimmer einen feierlichen Glanz verbreitete. Der Besuch des berühmten Philosophen Antonio Buoninsegna, Professor der Universität Rom, Mitglied des großen faschistischen Rats, wurde angekündigt, ein Vortrag über »Ethik und Lebensphilosophie« war angesetzt und am folgenden Abend im Hotel Esplanade ein Diner zu seinen Ehren. Fräulein Kleinerts erster Gedanke war: »Ich habe ja kein Kleid«, aber sie rechnete schnell, sie rechnete die Ersparnisse der letzten drei Monate zusammen, und nach weniger als einer Woche stand sie im Salon der Schneiderin, das weiße Seidenkleid war schon so gut wie fertig, sie stand zwischen zwei Spiegeln, sah den tiefen Rückenausschnitt, die große Blume an der linken Schulter und ihr lockeres blondes Haar.

Am Abend des Vortrags war der Saal des Instituts so voll wie nie zuvor. Es war gar nicht leicht, einen Platz zu finden, aber Fräulein Kleinert fand dennoch durch Zufall einen leeren Stuhl. Der berühmte Professor hatte einen kleinen weißen Spitzbart, seine Gestalt war dicklich und kurz, seine kleinen Augen und auch seine Hände waren lebhaft. Er nannte in dem Vortrag viele Namen, sie waren für Fräulein Kleinert fremd, aber alle die großen Gelehrten und hochverehrten Kollegen, wie der Vortragende sie nannte, sie alle stimmten offenbar darin überein, daß das Leben ein unbestimmter Strom sei, ein unberechenbares Etwas, und daß nur der Augenblick über die rechte Wahl entscheiden könne. Das war die Weisheit des Professors und auch jedenfalls der Grund dafür, daß nach dem Vortrag andere Herren, wahrscheinlich ebenfalls Professoren, ihn umdrängten und ihn beglückwünschten, Professoren, die offenbar die gleichen Behauptungen aufstellten, da er, der römische Professor und Staatsrat, ihre Händedrücke mit so viel Freude und höflichen Verbeugungen entgegennahm.

Beim Diner saß Fräulein Kleinert zwischen dem Ministerialbeamten, der mit ihr den Abendkurs besuchte, und einem andern Herrn, den sie nicht kannte. Die Herren waren sehr höflich. Der Ministerialbeamte fragte Fräulein Kleinert nach ihrer Reise, er selbst hatte mit seiner Familie drei Wochen in Rimini verbracht, auch dort war es sehr heiß gewesen, aber vom Meer kam immer eine Brise, und seine kleine Tochter hatte natürlich an dem Seebad ihre allergrößte Freude. Er lächelte, als er von seinem Töchter-

chen sprach, und Fräulein Kleinert lächelte beifällig und
verständnisvoll. Der andere Herr aber hatte zwei Söhne,
deren einer sogar schon an der Universität studierte. Ja,
sagte dieser Tischnachbar und Vater, so verfliege die Zeit,
und was Italien betrifft, so habe er sich gewiß seit langem
gewünscht, den ewig blauen Himmel einmal über sich zu
sehen, aber Geschäfte und Verpflichtungen machten eben
immer alle Träumereien zunichte. Dann aber schwieg er,
und auch der andere Tischgenosse hatte eine Zeitlang
nichts zu sagen, so daß sich Fräulein Kleinert denken
mußte, es läge jetzt an ihr, die Gesprächspause zu beenden.
Aber so sehr sie sich auch bemühte, fiel ihr nicht das
Geeignete ein, um den Faden der Konversation von neuem
aufzunehmen. Sie bemerkte eine weißlichgraue Schwäm-
mesauce mit Weingeschmack, die über ihr Kalbskotelett
gegossen war, und sie sah, daß der italienische Ehrengast
die Serviette in seinen Kragen gesteckt und über seine
Brust gebreitet hatte. Bevor man das Kompott servierte,
wurde er mit einer feierlichen Ansprache gewürdigt.

Nach dem Essen begab man sich in einen andern Raum.
Hier wurden in kleinen Tassen schwarzer Kaffee gereicht,
und man trank ihn stehend. Der Ministerialbeamte stand
mit Fräulein Kleinert, bald aber schloß er sich einer anderen Gruppe an, und Fräulein Kleinert stand allein mit ihrer
Tasse. Man reichte ihr eine Zigarette, und sie nahm sie,
obwohl sie sonst nicht rauchte. Nach einer Weile sah sie
einen leeren Armsessel und setzte sich.

Da der italienische Gesandte noch am gleichen Abend
zu Ehren des Philosophen einen Empfang veranstaltete,
mußte ein Teil der Gesellschaft schon an einen frühen
Aufbruch denken, und auch Fräulein Kleinert verließ das
Hotel. In dem Abendmantel, den Fräulein Lange ihr gelie-
hen hatte, schritt sie über die Marmorfliesen des Vor-

raums, vorbei an den goldenen Armleuchtern und den betreßten Dienern, die eilfertig vor ihr die Türe öffneten.

Jetzt stand sie in der Nachtluft. Auf der gegenüberliegenden Straßenseite lag die kleine Parkanlage in der Finsternis. Obwohl Fräulein Kleinert es für nötig befunden hatte, vor dem Hotel in einem Wagen vorzufahren, wartete sie dennoch für den Heimweg auf die Straßenbahn.

In ihrem Zimmer setzte sie sich auf ihr Bett und schloß die Augen. Sie war sehr müde. Sie spürte noch den Geschmack des schwarzen Kaffees und der Zigarette. Aber auch die Serviette über der Brust des berühmten Professors, die graue Sauce, die Armleuchter, die anstrengenden Tischgespräche und alle anderen Eindrücke des Abends hielten ihren Geist noch lange in Bewegung.

Im September wäre es fast zum Krieg gekommen, und an einem Vormittag im März besetzten deutsche Truppen unsere Stadt. Ein leichter Schnee mit Regen untermischt fiel auf die Truppen, und die Bevölkerung, am Rand der Fahrbahn stehend, sah dem Einmarsch schweigend zu. Einige junge Burschen bestaunten die großen Kriegsmaschinen, die Geschütze und die Panzerwagen, die für mehrere Tage in den Straßen standen.

Dr. List, der Konzipient, war schon am ersten Morgen nicht in die Kanzlei gekommen, und als er auch am nächsten Tag noch nicht zu sehen war, wußte Frau Kratzenauer alles zu erzählen. »Er hat versucht, davonzulaufen, aber es ist ihm nicht gelungen. Jetzt sitzt er fest.« Sie lachte und fügte hinzu: »Er war auch einer von den Kommunisten.« Fräulein Lange gab Frau Kratzenauer einen strengen Blick, so daß diese im Augenblick verstummte. Beide Damen trugen jetzt große Parteiabzeichen.

Was Dr. Klapp angeht, so sagte er zu seinen Freunden,

er sei ein Optimist. Er habe reine Hände, man könne ihm nicht das Geringste nachsagen, was solle er befürchten? »Und überdies«, so fügte er blinzelnd hinzu, »ich habe ja den Wieserer bei mir sitzen.« Dann meinten seine Bekannten, das sei gewiß eine glückliche, geradezu prophetische Maßnahme gewesen.

Nach einiger Zeit hatte Fräulein Kleinert einen Traum. Der Konzipient Dr. List, jetzt im Gefängnis, war in dem Traum zu sehen und auch die Gasmasken, von denen er gesprochen hatte. Aber nicht er, sondern Fräulein Lange und Frau Kratzenauer trugen jede eine solche Maske. Sie waren wie Krankenschwestern gekleidet, vor ihnen auf der Gefängnispritsche lag der Konzipient und sie öffneten den Gashahn über ihm. Daneben aber, auf anderen Pritschen in dem großen Saal, lagen viele andere Konzipienten, auch über deren Lager war jeweils ein Gasrohr befestigt, und die Damen in ihrer Schwesterntracht sprangen von einem Rohr zum andern und öffneten die Hähne. Man hörte das starke Geräusch des ausströmenden Gases. Die jungen Männer aber alle, sowie auch Dr. List, zeigten angstverzerrte weinende Gesichter.

Fräulein Kleinert wachte auf und hörte noch immer das Zischen des ausströmenden Gases. Aber sie besann sich und erkannte, daß jemand in der Nachbarwohnung ein Bad einließ. Sie kam mit einiger Verspätung in die Kanzlei und hörte, daß Dr. Klapp in der Nacht verhaftet worden sei.

Von jetzt ab ruhte die ganze Arbeitslast auf Dr. Wieserers Schultern. Er war es jetzt, der die Konferenzen abhielt und alle Angelegenheiten führte. Es war eine bewegte Zeit. Im Vorzimmer warteten oft viele Klienten, und Dr. Wieserer war so ^beschäftigt, daß er sich sogar das Mittagessen in die Kanzlei kommen ließ und es manchmal während des

Diktats verzehrte. Da er nicht nur Dr. Klapps Agenda übernommen hatte, sondern auch Fälle von anderen Kollegen, mußte er gleich zwei neue Konzipienten aufnehmen und suchte auch schon einen dritten.

Infolge des Raummangels und auch im Hinblick auf seine gesteigerte Inanspruchnahme sah sich Dr. Wieserer schon nach wenigen Tagen genötigt, ins Chefzimmer zu übersiedeln. Hier hatte er überdies die Bibliothek zur Hand und hatte überhaupt mehr Platz. Auch ein Auswechseln von Photographien wurde vorgenommen, und auf dem schweren Schreibtisch bemerkte Fräulein Kleinert jetzt die Bilder zweier Knaben und einer rundlichen Blondine.

Bald stand ein großer hellgrauer Wagen vor der Kanzlei, denn Dr. Wieserer, mit all seiner neuen Arbeit und Verantwortung, brauchte selbstverständlich einen neuen Wagen. Bald kam auch eine schlechte Nachricht, Dr. Klapp betreffend. Er hatte sich in der Gefängniszelle an seinen Hosenträgern erhängt.

Fräulein Kleinert ging zum Begräbnis. Dr. Wieserer erteilte ihr dazu die Bewilligung, obwohl nur noch eine andere Angestellte, nämlich Fräulein Sommer, an der Beerdigung teilnehmen wollte. Zu seinem Bedauern hatte er übrigens dem Fräulein Sommer mitgeteilt, daß sie mit Monatsende die Kanzlei verlassen müsse.

Das Begräbnis fand auf dem anderen Ufer, auf einem fast vergessenen Friedhof statt, denn Dr. Klapp hatte es schon vor vielen Jahren eingerichtet, daß eine Stelle neben dem Grabe seiner Eltern offen blieb. Fräulein Kleinert verfolgte mit Interesse den Ritus, der ihr fremd war, die Herren behielten die Hüte auf dem Kopf, während der Rabbiner in der Begräbnishalle seine Rede hielt. Es war eine sehr schöne Rede. Er sprach von dem Mann, der für

Gesetz und Recht gelebt hatte, er sprach auch von Gesetz und Recht im allgemeinen, und Fräulein Kleinert mußte an die Lederbände denken, die jetzt Dr. Wieserer als Vertreter von Gesetz und Recht benutzte. Schließlich sprach der Rabbiner vom Gesetze Gottes.

Der Sarg wurde ins Freie getragen und die Begräbnisgesellschaft folgte ihm. Ein Leichendiener teilte schwarzumränderte Tafeln aus, die man bequem an einem Holzgriff halten konnte. Sie waren mit hebräischen Buchstaben bedeckt. Auch Fräulein Kleinert nahm eine dieser Tafeln.

Über der Grabstelle stand ein Metallrahmen mit querlaufenden Lederriemen. Der Sarg wurde darauf gelegt, dann waren alle still. Der Rabbiner betete. Zum Schluß hob er die Hand und sprach den Priestersegen: »Der Herr segne und behüte dich. Der Herr lasse sein Antlitz dir leuchten und sei dir gnädig. Der Herr wende dir sein Antlitz zu und gebe dir Frieden.« Währenddessen wurden die Riemen gelockert, und der Sarg sank langsam, aber mit kleinen Stößen in die Tiefe. Da sich noch niemand rührte, hörte man das Wimmern einer Frauenstimme. Die Begräbnisteilnehmer traten dann nacheinander an die Öffnung, und jeder stieß mit einer Schaufel einige Erdklumpen hinunter. Das Grab war tief, und infolgedessen trafen die herabfallenden Erdstücke ziemlich lärmend auf das Holz des Sarges.

Fräulein Sommers Eltern waren auch an diesem Ort begraben, sie besuchte noch die Stelle, und Fräulein Kleinert begleitete sie. Als sie zum Friedhofsausgang kamen, war die Begräbnisgesellschaft schon fort. Sie sahen nur noch den Rabbiner. Durch Zufall lüftete er gerade seine Kopfbedeckung und zeigte eine Glatze, die ein Kranz von Haaren scharf umrahmte.

Die Damen bestiegen die Straßenbahn, die um diese

Stunde leer war. Fräulein Sommer sagte, der Postrat habe von Heirat gesprochen, aber es seien noch Schwierigkeiten zu überbrücken. Und plötzlich griff sie nach ihrem Beutel, nahm ein Taschentuch heraus und begann zu schluchzen. Da Fräulein Kleinert das bemerkte, nahm sie die Hand des Fräulein Sommer in die ihre. Sie selbst weinte jetzt ebenfalls.

Mit Rücksicht auf einen Umzug von Jugendgruppen, der an diesem Nachmittag stattfand, wurde die elektrische Straßenbahn umgeleitet und mußte, um in die Innere Stadt zu kommen, einen großen Umweg machen. Sie fuhr an offenen Feldern vorbei, fuhr durch ein Villenviertel, dann in die Gegend von Schloß und Dom und schließlich durch die Allee von alten Bäumen, vorbei an der ehemaligen Militärakademie und an der Gartenmauer, hinter der das Jagdschloß der Königin Anna, ein schlanker Säulenbau der Renaissance, zu sehen war. Sie kam an den Kreuzungspunkt von vielen Straßenbahnen, und während es dann bergan ging, eröffnete sich von der Serpentine aus der Blick auf die Stadt. Er war ein Nachmittag im Mai. Der Fluß, die Turmspitzen und viele Dächer glänzten in der Sonne.

Ruhe auf der Flucht

I

Die Bahnstation des Rossio liegt auf einer kleinen Anhöhe unmittelbar über dem Inneren der Stadt, und Herr und Frau Ehrlich sahen mit Verwunderung, wie steil die Fahrbahn abfiel, als sie an einem Morgen in der zweiten Junihälfte des Jahres 1940 bei ihrer Ankunft in Lissabon ein Mietsauto bestiegen und dem Fahrer klargemacht hatten, daß sie in eines der Hotels gebracht sein wollten.

Sie verbrachten den Vormittag in ihren Betten, und als sie dann gebadet und in frischen Kleidern im Speisesaal saßen, der von dem erhöhten Stockwerk aus den Blick auf den freien Platz, die hellen Bauten und die Reihen von Kaffeehaustischchen offen ließ, da schien es dem alternden Ehepaare fast, als hätte ihre Reise etwas von einer Vergnügungsfahrt in sich. Auch mußten sie bemerken, daß der frühe Sommer des denkwürdigen Jahres in dieser äußersten Ecke des Kontinents alle Freundlichkeit seiner Farben entfaltete und die bequemen Gewohnheiten der warmen Jahreszeit genießen ließ. In dem ruhigen Hotelrestaurant saß eine Witwe mit drei Töchtern. Die Mutter und die Mädchen trugen lange schwarze Schleier, die von einer barettartigen Kopfbedeckung über ihre Rücken fielen. Wer weiß, sie waren vielleicht zum Besuche von Verwandten in der Stadt, vielleicht hielten sie sich nur als Durchreisende auf. Einzelne Herren, die an den Tischen aßen, waren sicherlich zur Erledigung geschäftlicher Angelegenheiten hier, die Mahlzeit war unerwartet üppig und vorzüglich, und als nach dem Abservieren einer Platte kalter Vorspeisen, eines warmen Fisches, zweier Braten, einer Schüssel Obst und kleiner Bäckereien der Kellner noch eindringlich und höflich weiche Eier anbot, die nach portugiesischer Art als Abschluß des Mahles mit Zucker zu genießen seien, da breitete Herr Ehrlich seine Arme aus und wehrte mit beiden Händen dieses Übermaß von Gastlichkeit und von Verschwendung ab.

Reisende, die in den Süden fahren, lieben es, am Nachmittag durch die Straßen einer fremden Stadt zu schlendern, vor den Auslagefenstern stehen zu bleiben, in eine alte Gasse hineinzusehen und auf den Plätzen das Auf und Ab der Menschenmenge zu betrachten. Lissabon, an einer Einbuchtung des Ozeans gelegen, die altbekannte Hafenstadt, in der die Schiffe vor Anker liegen, um einen bescheidenen, aber gewinnbringenden Handel mit den afrikanischen Kolonien zu betreiben, gab ohne Zweifel Anlaß, vieles zu besehen. Als Herr und Frau Ehrlich auf ihrem Wege zum Polizeiquartier zwei bergige Straßen angestiegen und auf der erreichten Höhe in eine dritte eingebogen waren, sahen sie am Ende dieser nunmehr abwärts führenden Straßenzeile zwischen den geraden Häuserreihen ein Stück vom blauen Meer.

Sie begegneten Herrn Kantor auf der Polizeistation, und dieser begann sogleich die Möglichkeiten einer Weiterreise, nach Brasilien, nach Argentinien, nach den Vereinigten Staaten zu erörtern. Das Ehepaar, nunmehr im Besitz eines Hotelzimmers mit bequemen Betten und Aussicht auf den Platz, war sichtlich erschreckt durch Herrn Kantors Pläne, die allerdings – man mußte es zugeben – weitsichtig und realistisch waren. Inzwischen händigte der Polizeibeamte die Pässe aus, die jetzt einen Sichtvermerk mit der Bewilligung zu achttägigem Aufenthalt enthielten.

Es war weniger der Gedanke an die Weiterfahrt als vielmehr das Verlangen, ihr Herz zu erleichtern und alles zu berichten, das Frau Ehrlich veranlaßte, sich nach der Rückkehr ins Hotel an den kleinen Schreibtisch ihres Zimmers zu setzen und einen langen Brief zu schreiben, einen Brief an ihre Freundin Frau Wolf, die schon vor mehr als einem Jahr mit kluger Voraussicht und nach Rettung eines beachtenswerten Vermögens in New York ihren Aufenthalt genommen hatte. Die Ereignisse der letzten Wochen beflügelten Frau Ehrlichs Stil. In lebhafter Sprache schrieb sie von der Flucht aus Paris, den angestauten Straßen, den belgischen und holländischen refugiés, über deren Fahrzeugen Matratzen gebunden waren, nicht, um wie man anfangs glaubte, den Insassen eine Schlafgelegenheit zu bieten, sondern der niedrig fliegenden feindlichen Maschinen wegen. Dann schrieb Frau Ehrlich von der Ankunft in Bordeaux, den Massenlagern in Bahnhöfen und auf freien Plätzen. Man wußte, daß hier in Bordeaux die Regierung tagte und beriet, während in den Hotels hohe Summen angeboten wurden, für nichts als für die Armsessel in der Halle, von denen gerade noch einer für Herrn Ehrlich zu haben war, ein Glücksfall, da ein wenig Nachtruhe in Anbetracht seiner ja bekanntermaßen schwankenden Gesundheit unerläßlich schien. Als dann Frau Ehrlich von Biarritz, dem nächsten Aufenthaltsort des fliehenden Ehepaares schrieb, da kam ein wenig von der Luft des klaren Abends, vom Sonnenuntergang über den Felsen und den weißen Häusern, von der tiefblauen Schönheit dieser Meeresbucht in ihren Brief. Hier aber traf sie die Nachricht von der Übergabe, hier hörten sie in den Lautsprechern die Stimme des greisen Marschalls, hier wußten sie es endlich,

– und Frau Ehrlich zitierte ihren Lieblingsdichter Heinrich Heine – daß Frankreich verloren gegangen.

Frankreich aber ließ die Opfer der Umwälzung nicht ohne weiteres ziehen, und obwohl Herr Ehrlich in glücklicher Vorsicht bereits in Bordeaux den hohen Preis für ein Durchreisevisum durch die Negerrepublik Haiti erlegt und damit auch die Durchreisebewilligung durch Spanien und Portugal erworben hatte, bereitete die französische Staatsmaschine, in diesen letzten Tagen gewissermaßen aus eigenem Antrieb weiterlaufend, noch im letzten Augenblick unerahnte Schwierigkeiten. Das große Unheil rückte immer näher, und eine nach Tausenden zählende Menschenmenge stand viele Tage vor der Präfektur von Bayonne, die Menge schrie und tobte, und auch ein Gewitter, das sich über der Szenerie entlud und dessen Blitze in das offene Meer einschlugen, wußte Frau Ehrlich packend zu beschreiben, ebenso wie sie das lässige Benehmen der Amtspersonen anschaulich beschrieb, das langsame Kommen und Gehen der Beamten, wie sie durch die Fenster der Präfektur hindurch zu sehen waren und wie sie in behaglichen Gesprächen, ihre Zigarren rauchend, die Gesuche um Ausreiseerlaubnis in aller Bequemlichkeit erledigten.

Nun war man in Portugal, in einem Land, das freundlich schien, und obwohl es, wie schon bemerkt, zunächst Frau Ehrlichs Absicht war, nur vom Erlebten zu berichten, so wog sie doch am Schluß des Briefs mit Vorbedacht die Worte ab, sie sagte sogar, man sei in Portugal »gestrandet«, und sie fügte noch hinzu, es sei ein tröstlicher Gedanke, zu wissen, daß jenseits des Ozeans Freunde mit Sympathie und sicherlich mit Interesse das Schicksal der Verschlagenen verfolgen. Frau Ehrlich las das Geschriebene durch, und müde wie nie zuvor nach den Aufregungen, den Nächten im Eisenbahnwaggon, die Zukunft drohend und unbekannt für ein freundliches und wohlgesinntes Ehepaar mit sehr geringen Mitteln in dem fremden Lande Portugal, empfand sie dennoch ein Vergnügen an dem eigenen Schreiben, und sagte sich, der Brief sei gut.

Sie verschloß den Umschlag, und Herr Ehrlich trug ihn auf die Post. Mit ein paar energischen Gesten machte er es dem Beamten klar, daß der Brief auf dem erst kürzlich eröffneten Luftweg nach Amerika befördert werden solle. Er war ein älterer Herr, aber er hatte den Unternehmungsgeist, sich der schnellsten Mittel zu bedienen, er bezahlte die Marken, und er sah das Innere des Postamts, das mit blanken, ockergelben Marmorfliesen und mit grünlich erleuchteten Schriftzeichen einiges von jener offenbar amerikanischen Promptheit und Bequemlichkeit hier mitten in dem Lande von Orangen und von süßem Wein verkörperte.

Das Land Portugal war ein länglicher und grüner Fleck in der linken unteren Ecke auf der Landkarte Europas. Wie wäre es Herrn und Frau Ehrlich jemals eingefallen, eine Fahrt nach Portugal zu unternehmen, in ein Land, in dem die Reiseverhältnisse ohne Frage große Schwierigkeiten bereiteten, und wo die Kost so unbestimmt erschien? Sie waren im Sommer nie sehr weit gereist und im Frühjahr gelegentlich an den südlichen Hang der Alpen. Ein befreundeter Bankdirektor hatte wohl eine Reise nach Spanien unternommen, doch er war enttäuscht zurückgekehrt.

Bald aber tauchten noch andere Länder und andere Namen auf, Länder, die dem Ehepaar noch weniger in den Sinn gekommen wären. Wer hätte je an Bolivien, Costa Rica oder an Columbien gedacht, an Gebiete, deren Namen wohl im Album eines Briefmarkensammlers zu finden waren, deren Einwohner aber so fern und fremd erschienen wie der Mann im Mond? In Portugal war keine Bleibe, das stellte sich bald endgültig heraus, und Herr Wohl, ein Deutscher, der Herrn Ehrlichs Lederwaren in Lissabon vertreten hatte, und der seine ehemalige Geschäftsbeziehung gleich an einem der ersten Tage ins Hotel besuchen kam, dieser meinte zu alledem, daß nach dem Falle Frankreichs im Laufe der nächsten zwei Wochen mit dem Falle Englands zu rechnen sei und daß dann eine Neuordnung des Kontinents erfolgen werde. Herr Wohl bedauerte gewisse persönliche Härten, aber er sagte, diese seien unausweichlich, wo es sich um revolutionäres, welterschütterndes Geschehen handle.

Wer aber würde nun dem Weltgeschehen an den Grenzen des einen Erdteils Halt gebieten? Wer würde sich dafür verbürgen, daß eine Existenz jenseits des Ozeans, wenn auch kümmerlich, so doch zumindest friedlich und ohne das Drohen neuer Katastrophen möglich wäre? Man wagte es nicht auszudenken, und man besprach die Einreise- und Lebensbedingungen in Brasilien und in Peru, da ja das Paradies von Nord-Amerika so gut wie unerreichbar war. Einstweilen schien die Sonne auf die sauberen Häuserfassaden und das Grün der Avenida Liberdade, eines der Kaffeehäuser unterhielt eine Abteilung mit weiß gedeckten Tischen auf dem Gartenstreifen, der die Fahrbahn teilte, hier saß man im Schatten hoher Bäume, aß leichte, mit Zucker glasierte Krapfen und trank den kalten Tee, den Herr Ehrlich bald in portugiesischer Sprache bestellen lernte. Er sagte: »Cha frio ma sem gelo« – kalter Tee aber ohne Eis, da letzteres seinem Gallenleiden abträglich gewesen wäre, während andererseits ein mäßig kühles Getränk bei der immer gewaltiger hereinbrechenden sommerlichen Hitze Annehmlichkeit und Erleichterung bereitete.

Das Visum, das Herrn und Frau Ehrlich zum Besuche der Insel Haiti berechtigte, war nur ein Durchreisevisum, und Herr Kantor warnte nachdrücklich davor, eine Reise im Vertrauen darauf zu unternehmen. Ganz abgesehen davon, daß eine Schiffsverbindung nicht bestand. Aber auch andere Visen, die unter Umständen erteilt wurden, ein Visum nach San Domingo, nach Cuba oder nach Bolivien, waren in Herrn Kantors Augen problematisch und gefährlich, die Unglücklichen, die das Unternehmen wagten und mit Familie und beweglicher Habe ein Schiff bestiegen hatten, würden höchstwahrscheinlich nicht an Land gelassen. Und dann wohin? Herr Kantor mußte zugeben, daß an einem solchen Punkt seine Weisheit zu Ende sei. Eine Schiffsgesellschaft vertrieb Fahrkarten samt Einreisebewilligung nach Mexiko und verlangte die Sicherstellung einer Summe, die, wie Herr Kantor einleuchtend bewies, dem Preis der Rückfahrkarte gleichkam.

Herr Kantor gab sich als Autorität in Aufenthalts- und Visumsfragen zu erkennen. Er schritt schon am frühen Vormittag auf dem Gehsteig des Rossio, des großen Platzes auf und ab, während Herr Müller, ein Erfinder, ihm aufmerksam zuhörte und neben ihm herging. Herr Müller wollte in die Vereinigten Staaten. Er konnte mit seiner großartigen Erfindung Tausende, ja Millionen Dollar verdienen. Herr Kantor aber wehrte ab: »Die Quotenverhältnisse machen eine Immigration unmöglich und ein Besuchervisum wird nicht erteilt. Sie sind in Ungarn geboren? Hoffnungslos. Sie müßten zehn, vielleicht zwanzig Jahre warten.« Und er verschloß die Pforte zum gelobten Land der unbegrenzten Möglichkeiten, in dem der Präsident Roosevelt, der so fröhlich in New York inmitten von Erfindern und von Elektrizität regierte, nur auf einen kleinen Knopf zu drücken brauchte, um für Herrn Müller eine

Flucht von Laboratorien mit Angestellten und ungeahnten Utensilien zu eröffnen. Der Präsident würde übrigens den Erfinder – käme er nur – schon von weitem erkennen und würde ausrufen: »Das ist ja der Ingenieur Müller, auf den haben wir schon lange gewartet.« Er würde sich vom Ingenieur gleich in alle Geheimnisse einweihen lassen, würde ihm augenblicklich zusagen, alles mit seinem Freund Rockefeller zu besprechen, und schwindelerregend täte sich der Ausblick in die Zukunft auf. Das war Amerika. Herr Müller blickte zu Herrn Kantor auf. Herr Kantor schüttelte den Kopf und sagte: »Hoffnungslos.«

Herr Ehrlich, in Wien beheimatet, aber im Gebiete der Tschechoslowakei geboren, gesellte sich hinzu. »Drei Jahre Wartezeit«, lautete Herrn Kantors Verdikt, Herr Ehrlich aber hatte heute etwas Neues vorzubringen.

»Was halten Sie von Brasilien?« fragte er. »Ich werde möglicherweise eine Empfehlung an den Gesandten bekommen.« Und er konnte ein Lächeln nicht unterdrücken, denn er rechnete schon im Vorhinein mit Herrn Kantors Anerkennung.

Herr Kantor blieb einen Augenblick lang stehen. »Brasilien?« fragte er und blickte vor sich hin. »Brasilien?« fragte er noch einmal, und schließlich gab er sich selbst die Antwort: »Brasilien ist ausgezeichnet. Gehen Sie sofort zum Gesandten, das ist der beste Rat, den ich Ihnen geben kann.«

Es sei zur Ehre des Herrn Wohl gesagt, daß er Herr Ehrlich ein unverschlossenes Schreiben für den Brasilianischen Gesandten gab, daß er in dem Schreiben von Herrn Ehrlich als »suo amige« sprach, und daß er in dem Brief auch einiges vom Herkunftsort des Ehepaares Ehrlich, von Wien, der Stadt des Lichtes und der Grazien erwähnte. Der Gesandte erinnerte sich an Herrn Wohl, und er bat Herrn Ehrlich, vor seinem Schreibtisch Platz zu nehmen.

Er las den Brief, und er blätterte in Herrn Ehrlichs Dokumenten. Im Zimmer war es still. Auf dem Kamin stand eine antike Uhr. Ein Gesandter hatte offenbar kurze Bürostunden, er hatte freie Wohnung, und er hatte Dienerschaft. Dieser hier trug eine Hornbrille, und seine Haut war glatt und gelblich wie die Haut eines Chinesen. Er wußte nichts von Hitler. Er konnte sich nach Erledigung laufender Angelegenheiten in seine Privatzimmer zurückziehen, er spielte Bridge, oder er verbrachte die Abende mit seiner Frau. Sie saßen dann wahrscheinlich in zwei Fauteuils einander gegenüber und lasen ihre Zeitungen.

Der Gesandte sah die Dokumente durch, und die Mitteilung, die Herr Ehrlich in dem ihm eigenen Französisch machte, daß er nämlich für ungefähr dreitausend Dollar in Brasilien investieren könne, nahm er hin, ohne beeindruckt zu sein. Im Hotel wartete Frau Ehrlich. Sie war – das mußte zugegeben werden – eine gute Frau. Sie kannte nach fünfunddreißigjähriger Ehe alle Gewohnheiten und Gedanken ihres Mannes. Sie hatte in dem kinderlosen Haushalt musterhaft für ihn gesorgt. Am Abend – wenn er nach Hause gekommen war – fand er immer alles in der besten Ordnung vor. Sie hatte eine Schwäche für lange Telephongespräche und für ihre Damentees. Wenn er aus dem Büro kam, dann hörte er oft schon im Vorzimmer das Gewirr der Damenstimmen. Hin und wieder trat er ein. Dann sagten die Damen, sie seien auf das Angenehmste überrascht, und er wurde sehr geehrt. Er war ein liebenswürdiger Herr, er war der Vorstand des Hauses, er war der Ernährer. Es fiel ihm freilich nicht mehr leicht, den Hof zu machen, da die Zeiten dieser Erfahrungen lang vergangen waren, tempi passati, pflegte er zu sagen.

Jetzt sollte das Ehepaar nach Brasilien reisen. Die Fremdenpolizei in Portugal war ungeduldig, man sprach von Konzentrationslagern und Rückbeförderung in die Heimat. In Brasilien sollte ein neues Leben beginnen. Dieses Leben hing von dem Gesandten ab.

Der Gesandte las das Schreiben des Herrn Wohl ein zweites Mal, und dann begann er zu sprechen. Er sprach sehr schnell, aber Herr Ehrlich verstand das Wesentliche. Er sagte, Brasilien sei ein großes Land mit wunderbaren, hochberühmten Hafenanlagen, mit reichen Städten und fruchtbarem Boden. Er sagte, nichts auf der Welt käme dem Leben auf einem brasilianischen Landsitz gleich. Aber in den letzten Jahren seien die Verhältnisse manchmal eng geworden, und er demonstrierte die Enge, indem er den Zeigefinger und den Daumen seiner Rechten nahe aneinander brachte. Trotzdem, so fuhr er fort, sei Brasilien ein liberales Land, es kenne keine Vorurteile gegen Glaubensbekenntnisse und gegen Rassen. Es sei auch gewillt, Menschen ohne Kapital den Zutritt zu gestatten, sofern es sich etwa um Künstler oder um bedeutende Gelehrte handle und solche die Hebung des kulturellen Lebens mitbefördern könnten. Auch dieses demonstrierte er und hob seine flache Hand nach oben.

Herr Ehrlich zuckte mit den Achseln und konnte seinerseits die Hand nur bis in halbe Höhe heben. Er war kein Künstler und auch kein Gelehrter. Er war ein Exporteur von Lederwaren, Wiener Lederwaren, fügte er hinzu. Der Gesandte zögerte einen Augenblick, dann stand er auf und gab den Schluß der Unterredung zu erkennen.

Frau Ehrlich, im Hotel, saß in der kleinen Halle. »Nichts?« fragte sie, als sie ihren Gatten kommen sah.

»Ich glaube Nichts«, sagte er und schüttelte den Kopf. Sie sprachen wenig, während sie beim Abendessen saßen. Als Pensionäre des Hotels nahmen sie es im Restaurant des ersten Stockwerks, wo man sie als Gäste von Distinktion behandelte. Das Silberzeug auf den Tischen glänzte, auf den Buffets standen Körbe mit großen runden Früchten. Es war recht heiß, zwei Ventilatoren waren in Bewegung.

Das Abendessen war fast ebenso bedeutend wie das Mittagmahl. Es gab eine dicke Suppe mit Spargelspitzen, dann folgte ein weißer Fisch, und in der holländischen Sauce schwammen dunkle Pistazien. Der spanische Reis, der zum Filetbraten gereicht wurde, war mit besonderer Sorgfalt zubereitet, er war mit Tomatensauce, mit milden Zwiebeln und mit grünem Pfeffer untermischt, Gewürze unbekannter Art waren beigegeben. Der Kellner stellte überdies noch eine Schüssel Parmesankäse dazu und lächelte. Herr Ehrlich lächelte gleichfalls. Dann folgte der Salat und dann die Bäckerei. Das Obst als Abschluß der Mahlzeit war erfrischend, der Kellner verbeugte sich, während Herr und Frau Ehrlich den Speisesaal verließen.

II

Das Leben im Hotel war auf die Dauer teuer. Aber nachdem Frau Ehrlich der Frau Gross begegnet war, und diese ihr gesagt hatte, daß sie in einer Pension in einer Seitenstraße wohne und daß auch Frau Leonhard sowie ein Komponist von Wiener Operetten die gleiche Pension bezogen hatten, besichtigte das Ehepaar die Wohngelegenheit.

Herr Ehrlich sagte: »Was für Frau Leonhard gut genug ist, ist für mich noch lange gut genug«, und sie sahen ein längliches Zimmer mit hintereinanderstehenden Betten, sie sahen einen Salon, in dem die Möbel mit Segeltuch überzogen waren und in dem ein großer, offenbar sehr alter Flügel stand, und sie sahen einen dunklen Korridor. Man roch eine Wäscherei und die Luft, die in dem Gange stillstand. »Sehr gut«, sagte Herr Ehrlich, und die Übersiedlung war beschlossen.

Da die Betten entlang der Wand standen und Frau Leonhards Zimmer das benachbarte war, konnte Frau Ehrlich bei Nacht nicht umhin, Einzelheiten aus dem Privatleben eines Operettenkomponisten wahrzunehmen. Sie war schon immer eine schlechte Schläferin gewesen. Jetzt, da sie in Lissabon in den Nächten wach im Zimmer lag, schlugen ihre Gedanken neue Wege ein. Manchmal fragte sie sich, ob nicht alles ein Traum sei, ob sie nicht in ihrem alten Heim erwachen, die Wohnung wohlgeordnet finden werde, das Geschäft intakt. Sie hörte ihren Mann. Sie hörte ihn vom Fußende des Bettes her, er atmete gleichmäßig und geräuschvoll, wie immer in den Jahren, man konnte sagen, daß er schnarche. Er war ein alter Mann geworden. Seine Gedanken waren gewiß nicht mehr die schnellsten, aber die Haut an seinen Händen, die ledern geworden war, seine Wangen, die jetzt ein wenig schlaff herunterhingen und vor allem seine guten Augen, waren ihr teurer als je zuvor.

Was würde mit dem Ehepaar geschehen? Frau Wolf hatte geantwortet. Aber was half die rührende, ja hingebungsvolle Antwort, was half die Bürgschaft, die Erklärung, die sie aus freien Stücken schriftlich abgegeben und in der sie sich verpflichtet hatte, die Freunde im Fall der Not nicht staatlicher Wohltätigkeit zu überlassen? Was half das Dokument, das mit dem Siegel des amerikanischen Notars und mit langem vorgedrucktem Text so eindrucksvoll und mächtig angekommen war, daß Herr Ehrlich, am Tage, als es kam, sein Frühstück nicht einmal beenden wollte, sondern augenblicklich zu Herrn Kantor eilte? Was half es? Amerika war versperrt. Das Dokument, das als Zeugnis amerikanischer Größe den Namen Affidavit trug, lag im Wäscheschrank, und gelegentlich betrachtete Herr Ehrlich das Siegel des Notars.

Frau Ehrlich, wach in ihrem Bett, hörte Geräusche aus dem Nebenzimmer. Der Operettenkomponist vergnügte sich. Frau Ehrlich hörte allerhand zu dieser späten Stunde. Das Fenster war in der heißen Nacht geöffnet, die Avenida war nicht weit. Die Musik eines Kinematographentheaters drang aus einem Hof im Freien bis in diese Gasse. Bald lagen der Komponist sowie Frau Leonhard im Schlaf. Aber draußen im Korridor war noch etwas zu hören. Es war das Stubenmädchen Esmeralda. Sie kam und scheuerte den Boden. Frau Ehrlich konnte auf die Uhr sehen, die im Finstern leuchtete. Die Mitternachtsstunde war vorbei. In Portugal haben Dienstmädchen einen langen Arbeitstag. Frau Ehrlich lag und dachte nach.

Die Pension füllte sich. Mehr und mehr Fremde kamen jetzt nach Lissabon. Sie hatten zu Fuß die Pyrenäen überschritten, Carmen dritter Akt, sagte der Operettenkomponist, oftmals gelang das Abenteuer nicht, sie versuchten es dann ein zweites oder drittes Mal, oder sie versuchten es auch nicht mehr wieder. Wie dem auch sei: die Pension war vollbesetzt, und Herr Carvalho, der Besitzer, ging in dem Korridor zwischen der Küche und seinem kleinen Schreibzimmer auf und ab, er hielt die Hände hinter seinem Rücken verschränkt, wahrscheinlich rechnete er im stillen, er sah die Fremden an, er wußte, daß unter den vielerlei Sprachen Deutsch und Polnisch überwogen, daß er kaum daran gedacht hätte, das oberste Stockwerk jemals wieder zu eröffnen, und daß der Lauf der Weltgeschichte überraschend sei.

Das Speisezimmer war noch nie so voll gewesen. Die Fremden ereiferten sich, wenn sie auf das Essen warten mußten. Aber Herr Carvalho zuckte mit den Achseln. Es war immer mit zwei Kellnern gegangen, warum sollte es jetzt nicht mit zwei Kellnern gehen? Auch eine Änderung des Menus kam Herrn Carvalho nicht in den Sinn. Er selbst genoß die Zwiebelsauce und das Olivenöl, der Fisch und auch der Braten wurden zubereitet wie seine Mutter in Coimbra und sogar schon seine Großmutter in Pombal sie zubereitet hatten, so sollten es die Fremden essen, denn es hatte sie ja niemand hergebeten.

Auch im Salon ging es jetzt lebhaft zu, und der Kreis wurde immer größer, der sich um den Operettenkomponisten versammelte, wenn dieser am Abend auf dem alten Flügel spielte. Er hieß Herr Fuchs, er war nicht sehr berühmt, er war wahrscheinlich nur ein kleiner Operettenkomponist, und er sprach mit Ehrfurcht von dem großen Operettenkomponisten, der jetzt ebenfalls nach Lissabon gekommen und im Hotel Avenida Palace abgestiegen war, wo natürlich große Operettenkomponisten wohnen. Herr Fuchs spielte eigene Piecen, er spielte aber auch bekannte Melodien. »Wien, Wien nur Du allein«, er spielte Stücke aus dem Walzertraum und mancherlei von Johann Strauß. Dann lächelte Herr Ehrlich, er lehnte sich tief im Fauteuil zurück, er wippte mit der Fußspitze und deutete mit seinen Armen die Bewegungen des Walzertänzers an.

Man sprach dann von den Reiseaussichten. Eine Gruppe von zweihundert Polen war, wie es hieß, nach Canada hereingelassen worden. »Warum sollte das nicht auch uns gelingen?« fragte Frau Gross.

»Ja«, sagte Herr Dr. Winterfeld, ein Advokat aus Brünn, »wenn Sie im hohen Norden, in der Nähe von Alaska, Wälder roden wollen, dann besteht vielleicht eine Aussicht.«

Der Komponist sprang auf und entblößte seine starken Arme. »Wälder roden?« fragte er. »In Alaska? Wunderbar.« Er lachte, und im Geheimen vertraute er dem Schutzgeist der Wiener Operette, der solches nie gestatten würde.

»Ist es wahr, daß man uns nach Deutschland zurückschicken will?« fragte eine von den Damen.

»Ich weiß nicht«, sagte der Anwalt.

Die anderen schwiegen.

Aber nach einer Weile hatte Herr Fuchs einen Einfall. »Vorläufig«, sagte er, »sind wir noch hier in Portugal.«

Dann setzte er sich wieder ans Klavier und spielte.

Herr Dr. Winterfeld, der Brünner Anwalt, machte Spaziergänge in den verschiedenen Stadtteilen von Lissabon. Er sah den Hafen, sah die großen Kräne und die Schiffsladungen von Kork und Bananen. Er sah das Leben in den neuen Straßenzeilen, den Gruß der portugiesischen Männer, die einander umarmten, lange gegenseitig auf die Rükken schlugen und dann wortlos auseinandergingen. Er nahm den Aufzug, der ihn in die oberen Viertel brachte, hier ging er kreuz und quer, es war die alte Stadt, oft kam ein Maultiertreiber durch die Gasse, und der Geruch von Käse und Olivenöl lag in der Luft.

Der Anwalt dachte an die Frauenwelt. Was sollte sie mit ihm beginnen, der so wenig ein Charmeur, dessen Gestalt so schmächtig und dessen Kurzsichtigkeit so bedeutend war? Bisher ein Habitué von unbeträchtlichen und käuflichen Vergnügungen, war er in der Fremde wahrscheinlich noch heimatloser als die anderen, mußte er die Zukunft in noch unbestimmterem Licht als jene sehen, die zumindest die Objekte von ein wenig Liebe mit sich führen konnten. Er saß im Speisezimmer nicht weit von Frau Leonhard, er sah ihren kleinen und geschwungenen Mund, er sah, während sie aß und atmete, wie die Linien ihrer Gestalt sich durch ihr Kleid hindurch bemerkbar machten, und er sagte sich, daß solches nicht für ihn bestimmt sei.

Er sah sie auch am Strand von Estoril, wenn alle miteinander badeten. Sie kam aus dem Wasser, sie ließ sich nicht weit von ihm nieder, und der Meeresgeruch ihres Schwimmanzuges drang bis zu ihm. Er sah die bräunlich rosa Farbe ihrer Oberschenkel, wenn sie sich dann aus dem Sand erhob und in die Strandkabine ging, in der Herr Fuchs und Herr Kantor miteinander Karten spielten.

»Für ihn ist es nicht schwer, er hat Mittel«, sagte Herr Kantor zu Herrn Fuchs. Sie sprachen von dem Advokaten. Es wird ihm wahrscheinlich gelingen, nach Brasilien zu kommen.«

»Hat er viel Geld?« fragte Herr Fuchs.

»Ich kenne Leute, die mehr haben«, sagte Herr Kantor, »aber für Brasilien ist es mehr als genug.«

Herr Kantor trug eine feste Skala in seinem Kopf mit sich herum, sie zeigte die Vermögenslage eines jeden an und war zugleich ein Barometer für dessen Reisemöglichkeiten. Frau Gross, Herr Müller, das Ehepaar Ehrlich, Frau Wiesenthal und alle anderen hatten ihren Platz auf dieser Stufenleiter.

Es muß gesagt sein, daß Herr und Frau Ehrlich hier leider nur einen sehr geringen Rang für sich in Anspruch nehmen konnten, und nachdem Frau Ehrlich noch überdies auf den Gesundheitszustand ihres Mannes aufmerksam gemacht hatte, und ein Visum nach Ecuador, von dessen Möglichkeit Herr Kantor sprach, mit Rücksicht auf die Höhenlage für unannehmbar hielt, wußte dieser nichts mehr zu empfehlen, und die Aussichten des Ehepaares waren finster.

Nichtsdestoweniger behandelte der Kreis, der sich jetzt allabendlich im Salon der Pension zusammenfand, das

Ehepaar mit Freundlichkeit und Reverenz. Sie waren die Senioren der Gesellschaft. Frau Ehrlich ging oft in ihr Zimmer und brachte Süßigkeiten, die sie aus Zucker und Orangenschalen selbst verfertigt hatte, sie fragte mit viel Interesse nach den Aussichten der anderen und war erfreut, wenn sich hier und dort die Wolken teilten und ein neues Heimatland nicht unerreichbar schien, wenn dieses auch nur ein Prärieland war, denn man war sich offenbar darüber einig, daß das Leben fortzusetzen das wichtigste Gebot im Leben sei.

Wurde aber das Ehepaar nach den eigenen Aussichten gefragt, dann schlug Herr Ehrlich die Hände auseinander, er lächelte und sagte: »Abwarten und Tee trinken.« Er freute sich offensichtlich an der alten Redensart und dachte nicht daran, daß man ihn an den Nachmittagen wirklich vor einem Glase, das mit kühlem Tee gefüllt war, unter den Bäumen der Avenida sitzen sah, während er betrachtete, was an ihm vorüberzog, die Einheimischen und die Fremden, die berühmten und die weniger berühmten, und alles, was in diesen Wochen in Lissabon, im lebhaften Versammlungsort der Flüchtlinge und Geheimagenten aller Art, zusammentraf.

III

Nachdem Herr Fuchs beschlossen hatte, nach Estoril zu übersiedeln, wo die Abende in der Bar sowie die Nachmittage auf der Terrasse mit Tanzmusik und Aussicht auf das blaue Meer ihm wichtige Anregungen gaben, und wo er im ausgezeichneten Hotel zumindest den Essenstisch mit einer begüterten Pariser Dame teilte, mußte Frau Ehrlich feststellen, daß die Nächte im Nebenzimmer still geworden waren.

Frau Leonhard saß allein an einem der Kaffeehaustische auf der Avenida, und da Herr Dr. Winterfeld sie sah, erwog er die Möglichkeit, sich zu ihr zu setzen. Sie nickte, und er kam. Er hätte gern etwas Liebenswürdiges gesagt, aber da sich solches im Augenblick nicht fand, nahm man das allgemeine Thema vor, sprach von der westlichen Hemisphäre. Es zeigte sich, daß ein Brasilien-Visum für den Anwalt so gut wie schon gesichert war. Frau Leonhard sah ihn an, seine Stirn verlief in einer Glatze, die fast die Hälfte seines Kopfes einnahm, aber was sollte man von ihm erwarten, da er doch die Vierzig fraglos überschritten hatte? Frau Leonhard, nach den Enttäuschungen einer dramatischen Ehescheidung, ihren zwölfjährigen Knaben in der Obhut eines Vaters, der sich als Parteimitglied seine Lorbeeren verdiente, dachte an ein Leben in Brasilien, in einer freundlichen Villa mit einem kleinen und gepflegten Garten, und sie sagte sich, daß man nicht mehr als das Erreichbare verlangen solle.

Sie verabredeten einen Besuch der Ausstellung. Es war ein Jubiläumsjahr, und der Staat veranstaltete ein Schaustück portugiesischen Glanzes, der sich einmal über die bewohnte Erde ausgebreitet hatte. Sie sahen Bildwerke, sie sahen exotische Dörfer und statistische Mappen, die Ausstellung war stark besucht. Sie bestiegen auch das Schiff, in dem der große Seefahrer in den Ozean hinausgefahren war. Das Schiff war neu gezimmert, ein Restaurant auf dem Oberdeck und eine Bar im Inneren hatten lebhaften Betrieb. Eine kleine Treppe führte in die Höhe, der Raum des Kapitäns schien unberührt. Sie traten ein und waren hier die einzigen Besucher. Sie sahen die dunkle Holzvertäfelung, ein Bett, einen Stuhl und einen alten Zirkel. Auf einem Tisch unter der Fensteröffnung lag die aufgeschlagene Bibel, das kleine Fenster gab einen Ausblick auf das

Meer. »Wie schön«, sagte Frau Leonhard, und der Advokat hätte gerne ihre Hand ergriffen.

Später nahm er ein Auto, und sie fuhren entlang der Küste nach Cascais. Sie aßen in einem Restaurant und hörten, wie das Meer, das jetzt bewegt war, an die Felsen schlug. Sie sah ihm in die Augen, und es begann ihm zu dämmern, was bevorstand. Aber da er seinen Wunschtraum bereits aufgegeben hatte, zweifelte er noch ein wenig.

Sie kamen zu später Stunde in die Pension zurück, die anderen Gäste machten ihre Kombinationen, und namentlich die Mitglieder des Kreises, der sich auch nach dem Abgang des Komponisten im Salon zusammenfand, erörterten den Fall.

Der Sommer ging dahin. Man begann, die Zeitungen zu verstehen, man hörte eine Rede Hitlers, sein Name war ein Donnerschlag, als er mit dem spanischen General nicht weit von Portugal zusammentraf, der Kampf in den Lüften setzte ein, und während eine Handvoll junger Sportsleute die Länder der bewohnten Erde verteidigte und das Schicksal kommender Generationen entschied, kam in Lissabon plötzlich die Erlösung. Das amerikanische Konsulat nahm Gesuche um Einreisebewilligung entgegen.

Herr Kantor wußte das Wunder zu erklären. »Eine Ausreise aus den Ländern deutscher Oberherrschaft ist so gut wie ausgeschlossen«, sagte er, »die Quoten sind fast sämtlich frei geworden.« Man gedachte der Opfer, denen man das Glück verdankte, und eilte, so schnell es ging zum Konsulat.

Konnte man erwarten, daß die Pforte zum Schlaraffenland sich mit einem Male theatralisch öffnen würde, um die Bedrängten und Verängstigten in einem einzigen langen

Zug hereinzulassen? Das Amerikanische Konsulat war ein Amt. Im Vorzimmer saß ein älterer Herr vor einem Tisch, bei weitem nicht der Konsul, er trug eine ungeänderte Brille, sein weißes Haar lag glatt. Er händigte ein Formular aus. Er schrieb die Namen in ein Buch, und er zuckte mit den Achseln, wenn man ihn nach einem Zeitpunkt fragte.

Er saß und dachte nicht daran, daß sein Schreibtisch an der Schwelle des gelobten Landes stand. Er dachte nicht daran, wenn er am Morgen die Straßenbahn nahm, in das Amt fuhr und seinen Arbeitstag begann. Er hätte die Fahrt an jedem anderen Tag unternommen, auch im Falle einer Katastrophe – und wer konnte dafür einstehen, daß eine solche nicht schon für den morgigen Tag bevorstand? Daß etwa Spanien in den Krieg eintreten, Portugal besetzt oder sich auch unabhängig von allem anderen Geschehen entschließen würde, alle Fremden auszuweisen? Der Beamte des amerikanischen Konsulats würde auch an einem solchen Tag kommen, er würde seine Papiere ordnen, es würden wahrscheinlich statt der bisherigen Gesichter bald andere vor seinem Pult erscheinen, sonst aber bliebe alles beim Alten, und er würde amtieren, er würde wie immer an seine Familie in den Vereinigten Staaten denken, und der Geist der Ruhe und der Ungestörtheit seines mächtigen Landes würde nach wie vor auf der breiten, glattrasierten Fläche zwischen seiner Nase und seinen Backenknochen sichtbar sein.

Herr Kantor sagte, man solle sich nicht schüchtern zeigen. Er sagte, man solle rückfragen, hinaufgehen, die Angelegenheit beschleunigen. Herr Kantor hatte eine biegsame Taktik und wechselte je nach Gelegenheit zwischen Offensive und Zurückhaltung. Er kannte das Metier. Herr Ehrlich sah, als er die Formulare holte, Herrn Kantor mit der Sekretärin scherzen. Sie war ein dickes Mädchen mit einem leichten Schnurrbart an der Oberlippe, aber sie war eine Amerikanerin. Sie lachte. Herr Ehrlich betrachtete Herrn Kantor und sagte sich, Talent sei eine Gabe, die die Natur hier und dort verteilt hatte.

Aber auch für das Ehepaar Ehrlich kam der Tag. Sie warteten im Vorraum. Sie waren für die Unterredung mit dem Konsul geziemend angetan. Herrn Ehrlichs Schuhe glänzten, die Krawatte in seinem weißen Kragen war sorgfältig gebunden, Frau Ehrlich trug ein dunkles Imprimékleid, der Eindruck mußte günstig sein. Der weißhaarige Herr an seinem Tische nickte, das Ehepaar stand auf und ging hinein.

Der Konsul war einer von mehreren Konsuln, aber er saß allein in seinem Raum und hatte zu entscheiden. Er war sehr jung, seine Haare waren blond, er hatte graublaue Augen.

Zwei Armstühle standen an der Seite des Schreibtisches, und die Besucher wurden gebeten, Platz zu nehmen. Obwohl die Stühle sehr bequeme Stühle waren, versicherte sich der Konsul dessen, daß der Herr und die Dame auch wirklich komfortabel saßen, und widmete ihrer augenblicklichen Annehmlichkeit dasselbe Interesse, mit dem er, wie zu erwarten war, die Visumssache, das Leben, das Glück, die Freiheit des liebenswürdigen Ehepaares behandeln würde. Es mag sogar sein, daß die Unterredung mit einem kleinen Mißverständnis einsetzte. Denn als der Konsul Herrn Ehrlich ansah und bat, er solle es sich bequem machen, sagte dieser: »Es macht nichts«, eine Äußerung, die der Konsul dahin deuten konnte, daß Herr Ehrlich dem amerikanischen Konsulat den an sich unbequemen Stuhl nicht übel nahm, während Herr Ehrlich in Wirklichkeit nur sagen wollte, daß er die Sitzgelegenheit bequem fand und daß er jede Sitzgelegenheit, ja jedes körperliche Unbehagen gern in Kauf genommen hätte, um sich und seiner Frau ein Stückchen festen Bodens, einen Zufluchtsort zu sichern.

Der Konsul führte die Unterredung in deutscher Sprache. Er sprach fließend, obwohl seine Gedanken wahrscheinlich einen unbekannten Weg einschlugen und seine dünnen Lippen die Vokale in ihrer eigenen Art ertönen ließen. Es waren amerikanische Töne, die aus dem Mund des jungen Mannes kamen, Töne eines fernen, großen Kontinents.

Der Konsul schrieb im übrigen mehr als er sprach. Er sah die Papiere durch, den Bankausweis, die Garantieerklärung der Frau Wolf. Er fragte Herrn Ehrlich nach seiner bisherigen Beschäftigung, er fragte, ob das Ehepaar jemals die amerikanische Staatsbürgerschaft besessen habe. Mit seinen graublauen Augen blickte er oft ins Leere, Frau Ehrlich lächelte ihn an. Dann stand er auf und sagte: »Gut so.« Er lächelte gleichfalls, und Frau Ehrlich sagte sich, daß er ein guter Junge sei.

Die nächste Unterredung mit dem Konsul brachte aber eine Überraschung. Herr Kantor war so optimistisch gewesen, er beurteilte das Affidavit der Frau Wolf, ja die ganze Sachlage so günstig, daß Herr Ehrlich an der Seite seiner Frau mit leichten Schritten in das Zimmer des Konsuls, das er bereits kannte, eintrat. Er sagte sogar: »How do you do, Mr. Davis«, denn er hatte sich in der Zwischenzeit den Namen eingeprägt und sah voraus, daß das Gespräch in Herzlichkeit als bloße Formalität verlaufen und wahrscheinlich in der Erteilung eines Visums kulminieren werde, wie es beispielsweise der Frau Wiesenthal schon fest versprochen worden war. Aber der Konsul runzelte die schmale Stirne, und aus der Tiefe eines Erfahrungsbereiches, der trotz seiner Jugend schon der seine war, mit der

Kenntnis der geheimen Untergründe staatlichen Verhaltens ausgestattet, fällte er sein Urteil: »Das Affidavit of support ist nicht ausreichend«, sagte er. »Es würde genügen, wenn Mrs. Wolf eine Verwandte von Ihnen wäre, aber Mrs. Wolf ist keine Verwandte von Ihnen.«

Herrn Ehrlichs Augen öffneten sich weit. »Wieso?« fragte er, »wieso das?« Und während der Konsul schwieg, hatte Frau Ehrlich einen Einfall. »Frau Wolf«, sagte sie, »ist eine Cousine von uns, sie ist eine Cousine.«

Der Einfall kam spontan, aber er war möglicherweise verhängnisvoll. Der Konsul schenkte jedenfalls diesen soeben erst enthüllten verwandtschaftlichen Banden keine Aufmerksamkeit, sondern ein wenig ungeduldig, aber trotzdem allem Anschein nach noch immer hilfsbereit, gab er die folgende Erklärung ab: »Mrs. Wolf muß beweisen, daß sie ein größeres Vermögen hat als in diesem bankstatement zu finden ist, und sie muß auch eine Summe speziell unter Ihren Namen stellen.«

Das war das Ende des Gesprächs, und das Ehepaar sah sich wieder in dem Vorraum. Der weißhaarige Herr, der sie jetzt schon erkannte, nickte ihnen freundlich zu, und auch die Sekretärin lächelte.

Diese zweite Unterredung mit dem Konsul wirkte im Bekanntenkreis als Sensation. »Unerhört«, sagte Frau Stark, und Herr Kantor wußte sich kaum zu fassen. Er ließ sich von Herrn Ehrlich den Hergang des Gespräches mehrere Male wiederholen und sagte jedesmal: »Ich kann es nicht verstehen, ich hatte das Gegenteil vorausgesagt.« Das war Herrn Ehrlich kein ermutigendes Zeichen, denn wenn ein Mächtiger, eine Autorität sich verrechnet hat und den Irrtum sogar zugibt, dann schwankt der Boden unter unseren Füßen.

Frau Ehrlich aber zeigte Besonnenheit, und obwohl es

kein Geringes war, die Hilfsbereitschaft der Frau Wolf von Neuem zu beanspruchen, obwohl es auch bedenklich schien, zu weit zu gehen, entschloß sie sich, den nötigen Brief zu schreiben. Sie schrieb in stark bewegten Tönen, sie stellte die trübe, ja verzweiflungsvolle Lage des Ehepaares dar sowie das unvorhergesehene Verhalten eines jungen Konsuls, sie versprach bei allem, was ihr heilig war, nichts von der bereitgestellten Summe jemals zu berühren, dann schrieb sie vom täglichen Brot und von der Arbeit, es gäbe keine, die man scheuen würde, sie schrieb von ihren Näh-kenntnissen, erinnerte Frau Wolf daran, wie sehr sie alles in der Küche und namentlich die Zubereitung der Wiener Mehlspeisen beherrschte, sie wußte auch die rechnerischen Talente ihres Mannes in das rechte Licht zu setzen, und sie schloß den Brief mit der Versicherung, daß ein gütiger Gott im richtigen Augenblick Großmut und Menschlich-keit entlohnen werde.

Herr Ehrlich brachte das Schreiben wieder auf das Post-amt und sagte sich, man müsse eben hoffen und geduldig sein.

IV

Bald war der Andrang auf dem Konsulat so groß, daß man im Vorraum Schlange stehen mußte. Es wurden Nummern ausgegeben, und schließlich traf man Verabredungen, um mit dem weißhaarigen Herrn zu sprechen, der letzten Endes seinerseits nur die Verabredungen traf. Der Generalkonsul wandte sich an das Amt in Washington, und dieses mußte neue Hilfskräfte und auch neue Konsuln depeschieren.

Die jungen Herren kamen an, Absolventen der Gentle-men-Universitäten von Princeton oder Yale, und einer oder der andere von ihnen mußte sich wohl fragen, was er mit der Menschenmasse machen solle, durch die er sich am

Morgen immer durchzuschlängeln hatte. Was sollte diese neue Sturzflut von Kindern Israels an den Ufern von Amerika? Hatte man nicht seine eigene, seine amerikanische Art zu leben? Was sollten diese Künstler und Zeitungsmenschen, diese absonderlichen, fremdartig gekleideten Figuren? Was sollten diese Kaufleute und Advokaten? Sie waren allesamt so aufgeregt und sorgten sich beständig um ihr Leben. Und schließlich, warum hatte man sie denn aus ihrem eigenen Land hinausbefördert? Die Frage war gewiß berechtigt, aber was sollte ein einzelner Konsul machen, solange im Weißen Haus ein Doktrinär und Träumer saß? Er hatte seine eigenen Finanzen zu Grunde gerichtet, jetzt führte er das Geschäftsleben des ganzen Landes dem Ruin entgegen. Was würde noch geschehen? Würde er Amerika in den kostspieligsten aller Kriege stürzen? Wollte man ihn noch ein drittes Mal ans Ruder lassen? Die Wahlen standen bevor, und einstweilen konnte ein Konsul nur das seine tun.

Einiges wußte man bereits über die Konsuln zu sagen. Man wußte, daß der Konsul MacFarland mit Frau und Kindern in Cascais in einer Villa wohnte, man wußte, daß der Konsul Townsend mit einer schönen Engländerin in die Bar des Avenida Palace kam, und man wußte endlich, daß der Konsul Davis allabendlich im Casino von Estoril zu sehen war. Er spielte hoch und betrachtete zugleich die Frauen. Er tat sich wenig Zwang an, er vertraute seinem Knabengesicht, seinen gut gebauten Schultern und vielleicht auch seiner Stellung. Er sah Frau Leonhard lange und durchdringend an, und wenn ihr Begleiter, Dr. Winterfeld, zur Seite blickte, gab er ihr unzweideutige Zeichen. Sie ermutigte ihn nicht, aber während er spielte, wiederholte er auch dieses Spiel, wann immer das Paar am Abend ins Casino kam.

Sie kamen nicht oft, nur manchmal veranlaßte Frau Leonhard den Advokaten, der Versammlung im Salon, der Erörterung von Visumsangelegenheiten zu entgehen. Sie selbst sah sich versorgt, denn das Brasilianische Visum war für das Paar gesichert, dessen Eheschließung, wie jetzt jeder wußte, nah bevorstand. Es handelte sich nur noch um Formalitäten, um die Beschaffung nötiger Papiere. Die Erteilung des Visums war durch die neue Konstellation allerdings verzögert, aber sah sich der Anwalt für den Aufschub nicht entschädigt? Er mochte sich wohl über die Launen eines Schicksals wundern, das ihm gerade jetzt, als Heimatlosem und schon nahezu an der Schwelle des Alters die Freude, die es andern gönnte, plötzlich nicht mehr vorenthielt. Und er empfand die Freude deutlich, wenn etwa auf der Avenida oder im Speisezimmer Frau Leonhard, schlank und in frischen Farben auf ihn zukam und er dann wußte, daß sie die seine sei. Wenn sie die langen Tage des Müßiggangs miteinander verbrachten, dann gab es manchmal nichts zu sagen, aber er dachte sich, daß wahrscheinlich eine kleine Unvollkommenheit dazu gehöre, er sah sie an und sagte sich dann, daß das Leben so beschaffen sei.

Die Hochzeit selbst verlief sehr angeregt. Herr Kantor und Herr Ehrlich waren die Zeugen, es gab ein kleines Mittagessen im Hotel Bellevue. Frau Gross war ebenfalls zugegen. Herr und Frau Ehrlich kamen in gehobener Stimmung. Frau Wolf hatte nicht nur zugesagt, sie hatte es sogar auf telegraphischem Wege getan. Sie sandte den Ausweis eines bisher unerwähnten Bankguthabens, ihr Vermögen war bei weitem größer, als man angenommen hatte, ein Lissaboner Institut war überdies auch angewiesen, eine besondere Summe für das Ehepaar bereitzuhalten. Frau Ehrlich sprach mit Tränen in den Augen von ihrer Freundin jenseits des Ozeans. Herr Kantor aber hatte besonders Günstiges von sich zu sagen. Er hatte jetzt nicht nur sein Visum, sondern durch besondere Bevorzugung sogar schon seine Schiffskarte, er reiste in zwei Tagen. Herr Kantor konnte nicht umhin, sich selbst zu loben, die Schiffskarte so schnell beschafft zu haben war eine Leistung, das Visum war ein Kinderspiel gewesen. »Der Konsul Townsend«, sagte er, »war fabelhaft zu mir.«

So unterhielt man sich, man speiste, und nach dem zweiten Braten stieß Herr Ehrlich sein Messer gegen ein Weinglas. Die anderen verstummten. Herr Ehrlich hielt eine Rede. Er sprach zunächst von einem gewissen Herrn, dessen Herumrumoren man es zu danken hatte, daß man aus der Heimat hierher verschlagen worden war. Er lächelte, als er von diesem Herrn sprach, und die anderen verstanden die Anspielung. Aber, so fuhr Herr Ehrlich fort, alles hat zwei Seiten. Er sprach dann von den Banden der Freundschaft, die in der Fremde geknüpft worden waren, und er sprach von den Banden der Liebe. Es war eine gelungene Rede, und Frau Ehrlich, die schon bei der Erwähnung ihrer Freundin jedesmal geweint hatte, weinte, als ihr Gatte seine Rede beendete. Sie sah, daß er zufrieden war, es standen alle auf, die Gläser stießen aneinander, dann setzte man sich wieder.

Nach dem Essen ging man mitsamt den Neuvermählten in die Pension zurück. Eine Reise war, wie begreiflich, nicht geplant worden, eine genügend weite Fahrt stand ohnehin bevor. Bei der Überfülle der Pension war Herr Carvalho, so sehr er sich auch bemühte, nicht in der Lage ein Zweibettzimmer freizumachen, der Anwalt und Frau Edith Leonhard, jetzt Frau Edith Winterfeld, blieben in ihren bisherigen Behausungen.

Man ging am übernächsten Tag zum Hafen, um Herrn

Kantor Lebewohl zu sagen. Es war ein schöner, nicht mehr heißer Nachmittag, das kleine Schiff der amerikanischen Exportlinie lag im hellen Sonnenlicht, seine Lackierungen waren weiß, die Metallstücke glitzerten, das Wasser hatte einen frischen Geruch, und eine leichte Brise wehte. Man durfte auch das Schiff besteigen. »Grüßen Sie mir die Freiheitsstatue«, sagte Herr Ehrlich zu Herrn Kantor. Herr Kantor trug eine Mütze mit Schild und schüttelte Herrn Ehrlichs Hände kräftig.

Dann aber entschloß sich Herr Ehrlich zu einer Besichtigung des Schiffes. »Ich mache eine Inspektion«, sagte er, und er sah sich alles an, vom obersten Deck bis zu der Küche, und dann wieder manches in der Höhe. Frau Ehrlich billigte das viele Treppensteigen nicht, aber ihr Gatte ließ sich nicht abhalten. Er sah die sauberen Kabinen mit Lehnstuhl und übereinander befestigten Betten, er sah die Rettungsboote, den Speisesaal und den Salon, in dem sogar ein kleiner Flügel stand. Er kam höchst angeregt nach Hause und blickte der nächsten Unterredung auf dem Konsulat mit Zuversicht entgegen.

Aber was half die Zuversicht, was half das Ehrfurcht gebietende Vermögen der Frau Wolf, dessen Ziffern dem Konsul mit einigem Stolz gezeigt wurden, als Herr Ehrlich mit gebügelten Hosen und blanken Stiefeln und Frau Ehrlich in ihrem schönen Imprimékleid neuerlich vor ihm erschien? Der junge Mann wollte es nun einmal anders.

»Das ist jetzt alles gut«, sagte er, »aber jetzt müssen Sie mir die Notwendigkeit beweisen.«

Herr Ehrlich war auf das Höchste überrascht. »Wieso Notwendigkeit?« fragte er, und seine Frau fiel ihm ins Wort: »Natürlich ist es für uns eine Notwendigkeit, herüberzukommen, es ist sogar eine Lebensnotwendigkeit.«

Das war eine sehr gute Antwort, der Konsul klärte

jedoch das Mißverständnis auf. »Ich verstehe«, sagte er, »aber es ist nicht die Frage, ob es für Sie eine Notwendigkeit ist, es ist die Frage, ob es für die Vereinigten Staaten eine Notwendigkeit ist, daß Sie kommen. Sie müssen zeigen, daß Sie in den Vereinigten Staaten notwendig sind«, fügte er noch hinzu. »Wir müssen wissen, ob Sie gebraucht werden.«

Jetzt konnte niemand etwas sagen. Der Konsul schwieg. Er sah mit seinen blauen Augen vor sich hin, und bald begannen seine Blicke das Zimmer zu durchschweifen, denn er dachte vielleicht schon an seine Abendunterhaltung in Estoril, an die Fahrt, die er in seinem Sedan entlang der Küste unternehmen würde, an die Autostraße, über welcher in dieser herbstlichen Jahreszeit die Bogenlampen schon durch die Dämmerung der frühen Abendstunden brannten, und er dachte vielleicht auch an ein Mädchen. Frau Ehrlich aber wußte, daß die Minuten des Schweigens, so bedeutungslos sie in dem Leben des jungen Mannes waren, dennoch alle denkbaren Entscheidungen über das Leben des alten Ehepaares enthielten. Ihr Herz klopfte sehr stark, und da es höchste Zeit war, etwas zu äußern, stellte sie eine Frage: »Haben denn alle anderen auch einen solchen Nachweis bringen müssen?« fragte sie.

Wie konnte sie nur wissen, wie man mit einem Beamten des amerikanischen Außenministeriums umzugehen hatte? Ihre guten Eltern hatten sie gewiß nicht die Konsularakademie besuchen lassen, sie hatten sie ins Mädchenlyzeum geschickt, ihr Literaturkurse und Musik geboten und alles, was als Vorbereitung für das Leben nötig schien. Wie hätte man das Heutige voraussehen können? Der Konsul aber lächelte. Er sagte: »Sie müssen eben sehen, was Sie tun können«, und seine Gedanken hatten sich schon endgültig von diesen beiden Leuten hier entfernt.

Es war gewiß im Unglück noch ein Unglück eigener Art, daß Herr Kantor abgereist war und nicht mehr raten konnte. Nun mußte, so gut es ging, der Anwalt seine Meinung äußern. Er sagte, er habe von ähnlichen Fällen schon gehört, und riet Herrn Ehrlich, nach New York zu schreiben. Man tat es. Frau Ehrlich schrieb von neuem an Frau Wolf, sie schilderte den Sachverhalt, sie bat um Hilfe, sie bat Frau Wolf, Beziehungen spielen zu lassen, Bekannte zu ersuchen, und da sie schrieb, mußte sie sich fragen, ob die Freundschaft wirklich groß genug sei, einer neuen und so eindringlichen Bitte standzuhalten. War nicht gerade in den letzten Jahren eine leichte Abkühlung erfolgt? Mußte man sich nicht daran erinnern, daß der Fall einer Köchin, die aus dem Haushalt der Frau Wolf kam, nicht restlos klar geworden war? Und man erfuhr einen genügend großen Schrecken, da man alte Sünden aus vergangenen Jahren plötzlich wieder auf der Bildfläche erscheinen und sich gegen einen wenden sah.

Einstweilen konnte man nur wieder warten, und währenddessen fuhren weitere Bekannte ab, die Pension füllte sich mit Polen und Franzosen, und von dem alten Kreise blieben nur der Anwalt und Frau Edith übrig. So kam man in die Wintermonate hinein, ein gleichmäßiger Regen überschwemmte die Straßen, oft schlug der Regen gegen die Fensterscheiben, und die Palmen auf der Avenida bogen sich im Wind. Das Stubenmädchen Esmeralda stellte manchmal ein Metallbecken mit glühenden Kohlen mitten in das Zimmer, es half nicht viel, und namentlich die Nächte waren bitterkalt. Esmeralda war ein freundliches Mädchen und unterhielt sich am Morgen immer mit Herrn Ehrlich. Er sprach gewiß nicht Portugiesisch, aber sie führten dennoch die Unterhaltung in Esmeraldas Sprache. Ihre Haut war aschgrau, aber ihre Augen waren jung.

Wenn die Sonne einmal schien, dann sprachen sie über das schöne Wetter, und wenn es draußen naß war, sprachen sie über den Regen.

Esmeralda half in der Wäscherei, die den Geruch von trocknenden Stoffen in den Korridor entsandte, sie räumte in zwei Stockwerken die Zimmer auf, sie half in der Küche und zu später Stunde scheuerte sie den Boden. Sie arbeitete so wie die portugiesischen Mädchen auf den Feldern und in Fabriken arbeiten, wie die Mädchen, die die Fische in Körben auf ihren Köpfen durch die Straßen tragen, sie arbeitete wie alle, die unter dieser freundlichen Sonne des Südens so arm geboren wurden, um in derselben Armut alt zu werden und zu sterben.

Esmeralda bemühte sich manchmal, die glühenden Kohlenstücke anzufachen, Herr Ehrlich sah ihr zu, er sah, wie nach ihrem Weggang die schwache Glut verlosch, und hing seinen eigenen Gedanken nach.

Aber so sehr er jetzt auch an der Zukunft und sogar schon an der Hilfsbereitschaft der Frau Wolf zu zweifeln anfing: Frau Wolf tat dennoch, was ihr zu Gebote stand. Das Schreiben einer Gesellschaft, die sich »Standard Industrial Corporation« nannte, langte ein, und in dem Schreiben wurde Herr Ehrlich als Kenner des Wiener Lederhandels und namentlich des Zubehörs von Damentaschen sehr gepriesen. Man brachte das Schreiben auf das Konsulat, man gab es dem weißhaarigen Herrn, und bei der nächsten Unterredung mit dem Konsul lag es obenauf im Akt.

Was immer jetzt auch drohen mochte, Frau Ehrlich lächelte den Konsul an. Er schüttelte den Kopf und sagte, der Nachweis hier genüge nicht. Frau Ehrlich war schon darauf vorbereitet, und sie begann zu dichten: »Frau Wolf«, sagte sie, »ist Großaktionärin der Standard Industrial Corporation. Sie wird natürlich meinen Gatten anstellen, sobald wir in Amerika sind. Wir stehen einander so nah wie zwei Schwestern, und sie weiß, was sie von meinem Mann zu halten hat.« Und da alles auf dem Spiel stand, fügte sie hinzu: »Wenn Sie wollen, Herr Konsul, werden wir Ihnen auch über diese künftige Anstellung einen Nachweis bringen.«

Jetzt aber blickte der Konsul auf. »Wenn Sie mir das bringen«, sagte er, »dann kann ich Ihnen kein Visum geben. Es ist verboten, jemanden ein Visum zu geben, der einen Arbeitskontrakt in Amerika hat.«

Auf solches war Frau Ehrlich nicht gefaßt gewesen. Ihr Kopf sank herab, und sie begann zu schluchzen. Sie schluchzte so, daß ihre Schultern in die Höhe stießen. Der Konsul stand und sah sie an. Auf der Universität in Princeton hatte er nicht gelernt, was er machen solle, wenn eine alte Frau vor seinem Schreibtisch sitzen und so heftig schluchzen würde.

Sie schluchzte auch am Abend, als sie im Zimmer in der Pension auf ihrem Bett saß. Frau Edith saß neben ihr. Die Herren waren in den Speisesaal gegangen, wo der Advokat einen Kaffee bestellte. Da die Hoffnungen auf Nordamerika jetzt offenbar schon aufgegeben werden mußten, sprach der Anwalt zu Herrn Ehrlich von seinem Visum nach Brasilien. So nebelhaft das schien, so schwierig die Kapitalslage des alten Ehepaares auch das Unternehmen machte, versprach er dennoch, gleich nach seiner Ankunft alles, was nur möglich sein würde, ins Werk zu setzen.

Frau Edith aber, auf dem Bette der Frau Ehrlich sitzend, bemühte sich, ihr zuzureden. Und plötzlich kam ihr ein Gedanke. Die Herren kehrten aus dem Speisesaal zurück, sie sagte, sie habe nach dem aufregenden Tage eine heftige Migräne, sie bat ihren Mann, sie schlafen gehen zu lassen, und auch dem Ehepaar Ehrlich riet sie, bald und ausgiebig zu ruhen.

Sie ging in ihr Zimmer, sie kleidete sich um, sie wartete, bis alles ruhig war, dann glitt sie in langem Kleid und Abendmantel aus dem Haus. Sie winkte einer Autodroschke, der Fahrer sah, daß die Dame es eilig hatte, das Casino von Estoril war Bestimmungsort.

Frau Ehrlich lag wach in ihrem Bett. Sie hörte, wie die anderen Gäste nach Hause kamen, sie hörte französische und polnische Gespräche und einiges Lachen. Die Musik aus dem Freilufttheater klang in dieser Jahreszeit nicht mehr herüber, später kam Esmeralda und scheuerte den Boden. Dann ging auch sie, und die Nacht war still.

Herr Ehrlich drehte sich in seinem Bett zur Seite. Er wechselte die Lage ein zweites und drittes Mal, sie fragte leise, ob er wach sei. Er sagte, er habe einen Schmerz im Kopf, und sagte auch, er könne seine rechte Hand nicht heben. Jetzt wußte sie alles, sie sprang auf, sie legte ihre Hand auf seine Stirn, er konnte nicht mehr deutlich sprechen. Sie wußte, daß sie Hilfe brauche. Sie klopfte an die Tür des Nebenzimmers. Frau Edith gab keine Antwort. Sie öffnete die Tür, sie fand das Zimmer leer, Frau Edith mußte in dem anderen Zimmer sein. Sie lief hinüber, sie klopfte, und der Anwalt kam heraus, er kam im Schlafanzug und ohne Brillen. Auch er erkannte, was geschehen war, er sah auch die geöffnete Tür des Nebenraumes und das leere Zimmer seiner Frau.

Aber er ging zum Telephon, um für Herrn Ehrlich einen Arzt zu rufen. Er schloß die Tür, die offenstand, dann wartete er auf den Arzt. Herr Ehrlich war jetzt offenbar bewußtlos, der Anwalt wartete im Korridor. Ein Franzose öffnete die Türe seines Zimmers, er sah hinaus und schloß sie wieder. Es verging beiläufig eine halbe Stunde. Dann kam der Doktor und stellte fest, daß der Tod bereits eingetreten sei.

Zwei Tage später begruben sie Herrn Ehrlich. Das Ehepaar Winterfeld nahm an der Beerdigung teil und auch das Stubenmädchen Esmeralda. Im letzten Augenblick kam Herr Carvalho angefahren. Während der einfachen Zeremonie stand er gravitätisch, mächtig in seinem dunklen Anzug und mit aufgezwirbeltem Schnurrbart. Nachdem alles beendet war, hielt er vor Frau Ehrlich eine Rede in portugiesischer Sprache.

Als man sie in die Pension zurückgebracht hatte, fand sie einen Brief vom amerikanischen Konsulat vor. Der Brief war an Herrn und Frau Ehrlich gerichtet. Sie wurden aufgefordert, sich zu einer ärztlichen Untersuchung zu begeben, da die entsprechenden Nummern für die Erteilung eines Einwanderungsvisums dem Konsulat jetzt zur Verfügung standen.

Ohne Frau Ediths Bemühungen, die sie jetzt vom Morgen bis in die Nacht hinein betreute, die bei ihr saß, sie begleitete und ihr sogar beim An- und Auskleiden half, ohne das Zureden der jüngeren und lebenstüchtigen Freundin, hätte sich die alte Dame nie entschlossen, zur ärztlichen Untersuchung zu gehen, ihr Visum abzuholen oder gar ein Dampfschiff zu besteigen. Frau Edith tat mehr als Frau Ehrlich wissen durfte. Sie wußte es so einzurichten, daß sie nicht in Lissabon allein zurückgelassen wurde. Sie besorgte die Schiffskarte, und, um die rechtzeitige Abreise durchzusetzen, bezahlte sie von den Resten ihres eigenen Geldes die nötige Bestechungssumme. Frau Edith und der Anwalt brachten Frau Ehrlich schließlich auf das Schiff, sie sprachen auch ein paar Worte mit dem Kapitän.

Das Schiff, ein portugiesischer Dampfer, war eigentlich

für den Verkehr mit den Kolonien in Afrika bestimmt. Aber es hielt dem Seegang stand, es hatte freundliche Gesellschaftsräume, und der Kapitän, der seine Menschenfracht mit Liebenswürdigkeit behandelte, gab alle Räume erster Klasse auch für die Pasagiere der zweiten und der dritten Klasse frei. Nicht viele wagten es, mit der schwarzgekleideten Dame zu sprechen, deren Schleier im Winde wehten und sich oft verfingen, so daß sie sich bald gezwungen sah, sie abzulegen. Sie lag manchmal in einem Liegestuhl, oder sie saß im Inneren, sie blätterte in einer Zeitschrift, meist aber saß sie und tat gar nichts.

Der große Operettenkomponist, der aus irgendwelchen Gründen sein Visum auch sehr spät erhalten hatte und der daher so lange Zeit im Hotel Avenida Palace festgehalten worden war, machte auch die Überfahrt auf diesem Schiff. Er beklagte sich über den Kapitän, weil dieser die erste Klasse proletarisiert hatte, und schlechtgelaunt sah man ihn auf dem Oberdeck langsam hin und her gehen. Oft stand er still, stand an der Brüstung, seine hohe Gestalt und seine Adlernase hoben sich mächtig und berühmt vom Wolkenhimmel über dem Atlantik ab.

Der Hausball

Gewisse Einzelheiten, das Lager von Theresienstadt betreffend, waren mir durch meinen Briefwechsel mit dem Ehepaar O. bekannt geworden, diesen alten Freunden, die im Mai 1945 zu unser aller Erleichterung – wir hatten kaum mehr für sie gehofft – nach dreijähriger Haft im Lager aufgefunden wurden. Natürlich konnten auch auf Grund dieser Briefe meine Vorstellungen nur vage sein, und was immer uns auch in der Zwischenzeit von Augenzeugen erzählt wurde, einen wirklichen Begriff von diesen Lebensverhältnissen mit dem Schmutz, den Entbehrungen, der Würdelosigkeit dieses Daseins, der Krankheit und dem Hunger können wir – ich weiß es – nicht gewinnen. Das Ärgste aber scheint gewesen zu sein, daß die Insassen, so schlimm auch alles war, immer noch etwas Schlimmeres befürchteten, daß keiner wußte, wann es ihn treffen würde, daß das Schreckenswort Osttransport ihnen in den letzten Jahren immer auf den Lippen lag. Wir wissen heute, was das Wort bedeutet hat, und viele von den Lagerinsassen haben es schon damals geahnt. Ich habe das Ehepaar O. nach dem Schicksal vieler meiner Freunde gefragt, und Frau O. gab mir einen ausführlichen Bericht. Sie schrieb mir, daß fast alle, nach denen ich gefragt hatte, in den Osten gebracht worden waren, wo sich in den meisten Fällen die Spuren verloren hätten.

Dieser Tage nun hatte ich in New York eine Begegnung,

die mir eine bestimmte Stelle in einem nunmehr zwei Jahre alten Brief der Frau O. – eine Stelle, die an sich nicht bemerkenswerter war als alle andern Mitteilungen –, die mir also eine bestimmte Briefstelle mit einer gewissen Lebhaftigkeit vor Augen führte. Die Briefstelle, die ich meine, handelte von einer Schulkollegin meiner Schwester, einem Mädchen mittlerer Jahre, Margit Stark, Tochter des ehemaligen Strafrechtslehrers unserer deutschen Universität. Auch Margit Stark ist dem Transport in den Osten nicht entgangen, auch von ihr hat man nichts mehr gehört. Daß irgend einer der Kollegen ihres verstorbenen Vaters – und mancher von ihnen hat sich mit geheimer und offener Vertretung vor der Studentenschaft lange vor der Besetzung des Landes um die deutsche Sache sehr verdient gemacht, ja von manchem hieß es, daß in seinem Paß, dem Dokument eines damals noch souveränen Staates »i.d.D.« (in deutschen Diensten) zu lesen war – daß irgendeiner dieser Herren die Internierung Margits verhindern würde, erwies sich als eine Illusion, und auch von einer Abwendung des endgültigen Unglücks konnte keine Rede sein. Wahrscheinlich sagen die Herren Professoren heute, sie konnten nichts tun. Aber wie immer es sei, Frau O. schrieb mir, daß Margit vor ihrem Abtransport nach Polen für die Alten und die Kranken von Theresienstadt Ungewöhnliches geleistet hatte, ja sie stellte sie als eine Art von Heldin dar, und diese Schilderung bereitete mir ein gewisses Erstaunen. Denn ich kannte die Schulkollegin meiner Schwester, erinnerte mich an ihre überhetzte Art zu sprechen, wußte, daß sie an Migräne litt und allen möglichen Störungen nervöser Art, sie wäre, hätte sie dem vorigen Jahrhundert angehört, die Dame mit dem Riechfläschchen gewesen, mit den unvermuteten Ohnmachtsanfällen, sie war oft in ärztlichen Wartezimmern zu sehen, und mit den fortschreitenden Jahren immer öfter, und leider muß ich sagen, daß sie nicht dem Typus angehörte, bei dem sich zu dieser Art von Labilität, zu den Beschwerden, die er sich selbst und auch seiner Umwelt bereitet, in irgendeiner Form von geistiger Regsamkeit, Witz oder Schaffenskraft eine freundliche Kehrseite findet. Als die Jahre dahingingen, fand man sie nur ein wenig eigenbrödlerisch, nannte sie auch manchmal egoistisch, eine Entwicklung, die, wenn man die ganze Person und ihren Lebenslauf ins Auge faßt, durchaus nicht überrascht, die aber mit den Worten der Frau O. auf eigenartige Weise kontrastiert. Da Frau O. sich in ihrem Lob offenbar nicht genugtun konnte, schrieb sie noch eine Einzelheit, schrieb, daß Margit in der Pflege der alten Frau von Lauffer besonders aufopfernd gewesen sei, daß sie viele Stunden, weit über die pflichtgemäße Zeit hinaus, bei ihr gesessen und alles Erdenkliche getan hatte, um das Sterben der alten Dame, die übrigens, dem Berichte der Frau O. zufolge, ihre Lage mit einer gewissen Würde hinnahm, zu erleichtern.

Diese Briefstelle kam mir also vor kurzem wieder in den Sinn, als ich hier in New York der Tochter der Frau von Lauffer begegnete und diese mir von dem Tode ihrer Mutter sprach und sagte, nichts habe die alte Frau bewegen können, ihr Haus und, als sie dieses hatte abgeben müssen, unsere Stadt zu verlassen, bis es schließlich für eine Auswanderung zu spät gewesen sei. Frau von Lauffers Tochter Eugenie, selbst übrigens schon Mutter eines Sohnes, der im Zweiten Weltkrieg ein Jahr in der amerikanischen Flotte zugebracht hat, Eugenie also sagte mir, das letzte Lebenszeichen ihrer Mutter sei eine Korrespondenzakte gewesen, die über Schweden gekommen und, wie sich später herausstellte, einige Monate nach dem Tode der Absenderin eingetroffen war. Auf dieser Karte, einer der ganz wenigen Postsachen, die aus dem Lager den Weg in die Außenwelt gefunden hatten, hatte Frau von Lauffer geschrieben, man solle nicht besorgt sein. Dank der Fürsorge und den freundschaftlichen Bemühungen der Margit Stark ginge es ihr gut.

So unbestimmt auch meine Vorstellungen vom Leben der Häftlinge sind, ich konnte nicht umhin, mir ein Bild zu machen, sah Frau von Lauffer in dem Zimmer mit vielen anderen Frauen, sah Margit neben ihrem Lager oder, da es wahrscheinlich der Platzmangel nicht gestattete, auf ihrer Bettstatt sitzen und fragte mich, was es wohl war, das die beiden Frauen zusammenführte. Was war es, das Frau von Lauffer beschäftigte, da der Gedankenkreis, der, wie wir alle wußten, der ihre war, endgültig ein Ende gefunden hatte, da ihre Sorgen, Sorgen um das Klappen des Haushalts, die Stellung der Dienerschaft, die Sitzordnung bei einem Diner, die Frage, welchem Gesandten als dem ältesten im Rang der Platz zu ihrer Rechten zuzuweisen sei, die Frage, ob man in St. Moritz im Carlton oder im Palace, in London im Claridge's oder im Berkeley Zimmer reservieren solle, die Sorge endlich um eine würdige Verheiratung der beiden Töchter – eine Frage, deren Lösung, soviel ich weiß, sie nicht sehr befriedigte – da also alle diese Gedanken hier gar nicht mehr am Platze waren? Hatte sie, die in ihrem Kreis als »böse Zunge« bekannt gewesen war, als Gast gefürchtet, da sie die Führung eines anderen Hauses mit so vernichtender Kritik bedenken konnte, die aber, ohne daß man es recht verstand, auch eine plötzliche und starke Vorliebe für diese oder jene Person bekundete, Lob und Tadel also nach recht undurchsichtigen Prinzipien verteilte, in ihrem Tadel aber immer einen gewissen Humor bewies, ein ausgesprochenes Talent zur Nachahmung und Karikierung – eine berühmte Leistung war die Darstellung der lispelnden und dicken Hofrätin F., wenn diese von Tagore sprach – hatte sie also etwas von diesem Humor, vielleicht als einzigen Besitz, gerettet? Aber gerade einen Sinn für Humor hat Margit Stark, solange ich sie kannte, nie bewiesen, und es ist die Frage, ob der Ort, an welchem sie sich jetzt befand, der Ort war, um ein bis dahin mangelndes Verständnis für Humoristisches zur Entwicklung zu bringen. Was war es also, das sie und Frau von Lauffer hier zusammenbrachte? Hatte vielleicht Frau von Lauffer, die wir kannten, wie sie sich, offensichtlich im Vollbesitz ihres vorteilhaften Aussehens, zufrieden mit den Resultaten der haute couture, bei der Eröffnung einer Ausstellung oder im Konzertsaal sehen ließ, hatte sie seinerzeit ihrem liebenswürdigen Gatten gegenüber vielleicht eine unvermutete Gefügigkeit gezeigt, eine natürliche Bescheidenheit, die er, der Gatte, bei seiner schönen Frau ergreifend finden mußte? Und war es vielleicht dieselbe natürliche Bescheidenheit, die sich jetzt unter den Häftlingen des Konzentrationslagers, wo, wie man mir berichtet, neben ungekannten Beispielen von menschlicher Großmut, von Opferfreude und Gemeinschaftsgeist leider auch viel Kleinlichkeit und Beharren auf den winzigen Privilegien zu finden war, – war es also dieselbe Bescheidenheit, die sich vor Margit Stark jetzt neu und ebenfalls ergreifend offenbarte? Ich weiß es nicht. Auch weiß ich nicht, was Frau von Lauffer in dem Mädchen der, wenn auch nicht jungen so doch mindestens jüngeren Generation gesehen hat, und was sie gleich nach ihrer Ankunft im Lager, als sie leidend war und ihre Hilfe brauchte, zu ihr hinzog. Vielleicht war es nichts anderes als eine ihrer plötzlichen und unerklärlichen Vorlieben, vielleicht aber auch die Tatsache, daß unter den 30.000 Insassen, die in den engen Räumen gepfercht zusammen lebten, daß unter diesen Margit

Stark die einzige war, die ihr Haus gesehen hatte, ihre Teppiche, die Bilder, die Gobelins.

Eugenie, Frau von Lauffers Tochter, sprach mit Rührung von Margit Stark. Ich sah Tränen in ihren Augen, und ich dachte an die Zeit, da Eugenie zugleich mit Margit und meiner Schwester das deutsche Mädchenlyzeum in unserer Stadt besuchte, wo also auch Eugenie eine Schulkollegin Margits war, und im besonderen dachte ich an den Winter, der nach Beendigung des Krieges mit plötzlich einsetzenden Tanzveranstaltungen, Kränzchen, nächtlichen Bällen, das Leben dieser Mädchen überrumpelt und so sehr erschüttert hat.

Es genügte nicht, die Mutter Eugenies zu kennen, man mußte auch Margits Mutter kennen, die Frau Professor, denn sie stammte aus einem Haus von Reputation. Nicht von der Reputation der Lauffers, der Wesselys und der Gombergs, das versteht sich, aber immerhin, sie war eine geborene Kahn, die Spiritusfabrik Kahn und Zifferer war bekannt und wenn man auch mit jenen anderen nicht in direktem Kontakt stand, keine Einladungen empfangen und daher auch keine Einladungen erwidern hatte können, so traf doch die Frau Professor in vielen Komitees und Hilfsvereinen mit den Damen zusammen, mit Frau Lobau, Frau Körner. Frau von Lauffer, Frau von Greinz, sie kannten sie natürlich alle, und immer war die Unterhaltung freundlich, ja oft herzlich. Daß der ihr ausgezahlte Anteil an der Spiritusfabrik nicht bedeutend war und der größte Teil dieses an sich geringen Teils in österreichischen Kriegsanleihen angelegt, verringerte das Ansehen der Frau Professor nicht. Sie wußte, was sie ihrer Erziehung und ihrer Stellung schuldig war, und die Frauen ihres eigentlichen Kreises bereuten es nicht, wenn sie zu ihrer Teegesellschaft kamen. Alles hier war tadellos, angefangen von dem Stubenmädchen, der bekannten und gewandten Anna, die die Türe öffnete und an ihren Nachmittagen ein weißes Spitzenhäubchen trug.

In jenem Winter, an den ich dachte, traf eine gedruckte Einladung an Margit ein. Die Einladung kam von Herrn und Frau Oskar von Lauffer, und da es hieß: zum Tee um neun Uhr abends, so wußte die Frau Professor, es handelte sich um Margits ersten Ball. Sie prüfte das Dokument, auch Margit las es mehrmals, sie sah, daß ihre Mutter feierlich nickte, und der Ball im Haus Eugenie Lauffers, in dem Palais mit den beiden schweren Portalen, den Spitzenvorhängen hinter den Fenstern des ersten Stocks, stand in unbekannter Herrlichkeit vor ihr. Auch dem Professor wurde, als er am Abend nach Hause kam, die Einladung gezeigt. Er rückte seinen Zwicker zurecht, als er die Karte las, und selbst er, der Mann der Wissenschaft, war leicht erstaunt. Margit bemerkte, als sie an jenem Abend zu Bett ging, wie die Blicke ihrer Mutter sie liebevoll begleiteten, und wie auch der Professor nickte. Wer weiß? Sie machten ihre Pläne. Diese Einladung war vielleicht nur ein Anfang. An jenem Abend sahen sie wahrscheinlich mit Freude den Schimmer auf den rötlichblonden Haaren ihres einzigen Kindes, musterten die Linien ihres fraglos feinen Gesichtes und dachten an ihr liebes Wesen.

Daß Margit in die Wohnung Fräulein Pohls, der Tanzlehrerin ging, um zwei private Stunden zu nehmen – wobei Fräulein Pohl zu den Klängen ihres Grammophons in der Rolle eines Herrn tanzte – das durfte niemand wissen. Inzwischen aber arbeitete Fräulein Vosatka, die Hausschneiderin, an einem rosafarbenen Seidenkleid. Als an dem Abend, der dem Ball voranging, die neunte Stunde schlug, da sagte sich Margit, es seien jetzt noch 24 Stunden, und als ihre Mutter drängte, sie müsse jetzt schlafen gehen, um am nächsten Tag frisch zu sein und frisch auszusehen, da waren es nur noch 23 Stunden. Sie legte sich ins Bett, sie sagte sich, ein frisches Aussehen und ein frisches Betragen sei an einem Hausball wichtig, aber gerade an diesem Abend stellte sich der Schlaf nicht ein. Sie sagte sich, sie müsse schlafen, sie sah den kommenden Abend vor sich, und als sich die Stunden fortbewegten, sah sie sich müde und häßlich auf dem Ball, sah alles verdorben, sie warf sich in ihrem Bett herum, und schließlich schlug sie mit den Fäusten auf das Kissen. Sie hörte die Turmuhr von St. Heinrich zwei Uhr, drei Uhr und auch vier Uhr schlagen.

Sie saß mit Kopfschmerzen am nächsten Tag in der Schule, und sie sah Eugenie so gut gelaunt wie gewöhnlich und bemerkte, daß dieser Tag für sie nicht mehr bedeutete als jeder andere. Auch als sie sich auf Anraten ihrer Mutter am Nachmittag noch einmal niederlegte, schlief sie nicht, sie war noch nie so müde gewesen und erst als der Abend kam und Fräulein Vosatka selbst erschien, um ihr das Kleid anzulegen, und auch ein Frisierfräulein von der Firma Wagner und Vogel – eine bedeutende Geldausgabe – fühlte sie, daß ihre Glieder lebendig geworden waren.

Der Professor holte einen Wagen, Margit empfing von ihrer Mutter einen Kuß, dann verließ sie das Haus, und bald setzte sich der Einspänner in Bewegung. Sie spürte eine leichte Übelkeit im Magen, der Wagen schaukelte über das katzenköpfige Pflaster der Altstadt, fuhr dann auf eine von den Brücken. Über dem andern Ufer erhob sich die Silhouette von Schloß und Dom, dort fuhren sie hinüber, ein paar Lichter waren zu sehen, es war die Stunde des Palais, des abendlichen Festes. Ein Portier dirigierte das Gefährt in das eine von den Portalen, ein Diener öffnete den Wagenschlag, sie stieg mit ihnen über eine Treppe, ein anderer Diener oben auf dem Treppenabsatz wies ihr den Weg.

Aber als sie den großen Salon betrat, fand sie die Lichter gedämpft, einige Gespräche leise in Gang und wußte nicht, wohin sie sich wenden solle. Endlich wurde sie von Eugenie bemerkt. Eugenie war freundlich. Vielleicht etwas weniger freundlich als sonst, und führte sie zu ihrer Mutter. Frau von Lauffer stand in einem silbrig glänzenden Kleide, um sie herum auf den kleinen Tischen und auf dem Kamin glitzerten ein paar gläserne und silberne Gegenstände in dem gedämpften Licht des Raums, zwei Perlenschnüre hingen fast bis an ihre Knie, sie reichte Margit die Hand und sagte: »Es freut mich.« Sie sagte es, obwohl es sie gewiß nicht freute und sie Margits Kleid wahrscheinlich mit Mißbilligung betrachtete. Sie stand in einer Gruppe mit ihrem Gatten, dessen hohen Wuchs und gepflegten Schnurrbart Margit bemerkte, und mit zwei jungen Männern, jungen Männern einer offenbar etwas älteren Generation, sie lachten mit ihr, sie waren hier wahrscheinlich häufige und gern gesehene Gäste. Dann stand Margit allein. Sie sah, daß der Raum sehr groß war, und daß die Möbel mit dunkelgelber Seide überzogen waren. Alle unterhielten sich, und manche von den Mädchen lachten.

Bald aber wurde eine Flügeltür geöffnet, der angrenzende Raum war weiß und hell erleuchtet, es war der berühmte Tanzsaal des Hauses, der Ball hatte begonnen. Es dauerte eine Weile, dann aber kam Eugenie, und mit ihr kam ein junger Mann. Eugenie stellte ihn vor, sein Mund war breit, er machte eine Verbeugung, er forderte Margit auf zu tanzen. Er tanzte nicht gut, er schwieg dabei. Margit sah die anderen Paare. Die Fräcke und die weißen Hemden, die hellen und farbigen Abendkleider bewegten sich im

Rhythmus der Musik. Paula Greinz, im Tanzen, hatte ihren Kopf zurückgeworfen, die schwarzen Locken fielen ihr in den Nacken, sie lachte ihren Partner an, sie schien ihren Körper gegen den seinen zu pressen.

»Tanzen Sie gern?« fragte der Partner Margits. »O ja«, erwiderte sie. Dann tanzten sie weiter. Sie tanzten einen zweiten Tanz und dann noch mehrere. In den Pausen wischte der junge Mann mit einem seidenen Taschentuch den Schweiß von seiner Stirn. »Es ist heiß«, sagte er. Sie saßen auf einer von den rotgepolsterten Bänken, die entlang den kahlen Wänden standen. Fünf kleine Kronleuchter – sie enthielten gelblich brennende Wachskerzen – hingen von der Decke des länglichen Saals. Später wurde Margit von ihrem jungen Mann in den Salon zurückgeführt, und in einer Gruppe von anderen verschwand er bald. Nachdem der Raum, in dem das Buffet stand, geöffnet worden war, bewegte man sich zwischen Buffet und Tanzsaal hin und her.

Eugenie hatte Margit mit einem andern jungen Mann bekannt gemacht. Er lächelte freundlich, auch er fragte, ob sie gern tanze, er hielt sie fest, dann sprach er von anderen Tanzgesellschaften, er hatte viele Einladungen. Margit hörte die Musik, sie spürte, wie ihr eigener Körper und der Körper ihres Tänzers sich im Gleichtakt bewegten, sie sah ihn an, bald kamen andere junge Männer. Von da ab tanzte sie viel, und einer von den Tänzern sagte, sie habe eine reizende Gestalt. Er selbst hatte stahlblaue Augen, das Präparat, mit dem sein Haar geglättet war, hatte einen überaus angenehmen Geruch, er drückte ihre Hand, im Tanzen spürte sie seine weiße Hemdbrust, sie hielt ihre Augen halb geschlossen, was dieser Augenblick ihr brachte, hätte sie schwer beschreiben können und hat solches zu beschreiben wohl auch nie versucht.

Der Ball ging fort, die Tänzer kamen und gingen, man setzte sich in den Salon, in einem kleinen Zimmer waren zwei Kartenpartien in Gang, zu später Stunde wurden Portionen von Eiscreme serviert, man ging in den Tanzsaal zurück, während der ganzen Nacht stand dort ein alter Herr im Frack und sah mit weitgeöffneten Augen den jungen Leuten zu.

Margit verließ den Ball mit anderen, man ging zu Fuß, und als sie nach Hause kam, riefen sie die Eltern zu sich ins Schlafzimmer herein. Der Professor machte Licht auf seinem Nachttisch, er klappte seine goldene Taschenuhr auf, sie zeigte fünf Uhr früh. Ein paar Stunden später, in der Schule, war Margit gar nicht müde.

Es vergingen kaum zehn Tage, und eine zweite Einladung kam mit der Post. Sie kam von Paula Greinz, sie lautete wieder auf neun Uhr abends. Auch diesmal holte der Professor einen Wagen, auch in diesem Haus gab es Buffet und Tanz, jetzt kannte Margit schon viele von den Anwesenden. Man begrüßte sich fast wie in einer alten Freundschaft, man tanzte, die Musik, die jungen Männer, der Geruch ihrer Pomaden, hier und dort ein stärkerer Händedruck, gegen Morgen Eiscreme, es war ihr schon vertraut. Und als in diesem Winter eine dritte Einladung kam – diesmal von Marion Rotter – da machte Fräulein Vosatka in Eile ein neues Kleid, es war ein blaues, da war der Hergang für Margit schon so gut bekannt, daß es schien, als empfinde sie einen gewissen Genuß daran, seine Gesetzmäßigkeit ein wenig zu verletzen, mit dem Ankleiden etwas später fertig zu werden, den Wagen warten zu lassen, es schien, daß sie es ruhig darauf ankommen ließ, auf der Gesellschaft etwas später zu erscheinen, so daß die Eltern glauben konnten, sie sei schon so sehr ein Teil dieses festlichen und neuen Lebens, daß sie es sich leisten konnte, es mit einer gewissen Gleichgültigkeit zu behandeln, da sie ohne Hast in ihrem neuen Kleid und darüber ihren dunklen Mantel geworfen auf ihrem Weg zum Ball das Stiegenhaus durchschritt. Die Frau Professor, auf ihren Damentees, sprach von Margit, in einem und dem andern Nebensatz erwähnte sie die Häuser, wo ihre Tochter zu Tanzgesellschaften geladen war, sie erwähnte es und machte dann in ihrer Rede eine kleine Pause.

Es kam der nächste Winter, Fräulein Vosatka erhielt rechtzeitig den Auftrag, ein neues Kleid zu schneidern, und auch im Hause Lauffer machte man Pläne. Man hatte drei Soupers gegeben – Soupers für die erwachsene Welt – jetzt war es Zeit, an Eugenie zu denken. An einem Abend, nach dem Essen, saß man in der Bibliothek, Herr von Lauffer blätterte in seiner Markensammlung, Eugenie und ihre Mutter hatten die Gästelisten vor sich liegen. Sie sahen, daß sie angewachsen waren, und namentlich in der Rubrik der Mädchen. Der neue amerikanische Gesandte hatte zwei Töchter, der ungarische ebenfalls. Und da man seit neuestem mit dem Baron Ettweiler auf durchaus intimem Fuß stand, erhöhte sich die Zahl der Mädchen um weitere drei. Frau von Lauffer nahm die Liste noch einmal zur Hand, und halblaut las sie die Namen. »Franzi Lobau«, las sie und nickte. »Marion Rotter«, las sie und nickte ebenfalls. »Margit Stark«, las sie und sah ihre Tochter an: »Margit Stark. Muß das sein?«

Eugenie überlegte. Sie wußte, daß sie jetzt eine Entscheidung fällen mußte, und daß die Entscheidung folgenschwer war. Gewiß, wenn wir an spätere Entscheidungen und wenn wir an die Listen denken, auf denen zwanzig Jahre später der Name Margits, aber auch der Name Frau von Lauffers angeführt war, dann muß es uns wohl scheinen, als habe Eugenie die Tragweite ihrer Entscheidung überschätzt. Weder sie noch ihre Mutter haben etwas von den Triumphen geahnt, die die Freude zu vernichten, die Freude, dort zu versagen, wo das Verlangen am dringendsten ist, diese menschliche Freude, an die wir nicht denken können, ohne zu erblassen, – sie haben nicht geahnt, welche Triumphe diese merkwürdige Freude einmal feiern würde. Aber leider ist zu sagen, daß es eine gewisse Freude war, die in den Augen des damals siebzehnjährigen Mädchens blitzte, als sie sich zu ihrer Entscheidung durchgerungen hatte und sagte: »Margit Stark, nein, es muß nicht sein.«

Herr von Lauffer hinter seiner Markensammlung hatte dem Gespräch nicht wirklich zugehört. Er sagte sich, die Führung seines Hauses sei in guten Händen. Aber hätte er es sich auch dann gesagt, wäre er nicht als Familienoberhaupt diesmal höchst unerwartet eingeschritten, hätte er von dem neuen Kleid gewußt, das Fräulein Vosatka bereits geschneidert hatte, von der Freude, mit welcher der Professor sogar manchmal mitten in der Vorlesung an seine Tochter dachte? Manche sagten von Herrn von Lauffer, er sei nicht übermäßig klug. Andere sagten, er sei nur zurückhaltend, er wisse immer, was er wolle. Aber alle stimmten darin überein, daß er seine Frau aufs innigste verehrte. Er lehnte sich zurück und sah sie an. Sie war, da sie die Vierzig schon lange überschritten hatte, wahrhaftig überraschend anzusehen, die Linie ihres Halses, ihre glatte Haut, die schön geschwungene Nase, Herr von Lauffer konnte seinen Blick nicht wenden.

Schließlich stand er auf, man ging zu Bett. Er betrat sein Schlafzimmer, es lag auf der Seite des ruhigen Hofes. Seine Familie, sein Haus, das Geschäft, er konnte alles in bester Ordnung finden. Ein helles Fenster in der Portierwohnung erleuchtete den Hof ein wenig. Auch in der Anlage des Hofes, der sparsamen Verzierung der Hinterfassade und in der Linie des Daches sah er die Vorzüge der Architektur des 18. Jahrhunderts. Im Bett las er ein wenig in einer illustrierten Zeitung, ehe er das Licht verlöschte.

»Der Ball bei Eugenie Lauffer wird heuer gewiß nur eine kleine Veranstaltung«, sagte eine Freundin zu Margit, aber Margit glaubte es nicht. An dem Abend – sie kannte das Datum – saß sie mit den Eltern. Sie sah auf die Uhr, jetzt war es neun, sie wußte, was um halb zehn, und wußte, was um zehn vor sich ging. Aber erst als der Professor sagte: »Ich kenne Margit, sie nimmt so etwas nicht ernst«, und als sie sah, wie er sich bemühte, hinter seinem Barthaar zu lächeln, und wie er ihr zunickte, erst in diesem Augenblick begann sie zu weinen.

»Du hast Margit Stark nicht eingeladen«, sagte Paula Greinz zu Eugenie. »Ach«, meinte Eugenie, »es muß nicht sein.« Und da nun Paula Greinz dasselbe sagte, nämlich daß es nicht sein müßte, so war auch Marion Rotter, als sie ihre Einladungen schrieb, der gleichen Ansicht.

Im folgenden Jahre aber war der Ball im Hause Lauffer, so wurde es Margit berichtet, besonders glänzend. Die ältere Generation und die jungen Leute waren für denselben Abend eingeladen. Die Frau Professor hörte, daß Frau von Lauffer einen Küchenchef aus dem Berliner Hotel Bristol hatte kommen lassen. Margit kannte das Datum der Veranstaltung, sie wußte auch, an welchen Abenden Eugenies Freundinnen ihre Hausbälle gaben, aber als die Jahre dahingingen, gab sie es auf, diese Daten zu verfolgen.

Frau von Lauffer sah man in allen bedeutenden Konzerten. Ihr Kleid wurde allgemein bewundert, ihr Geschmack, so gut man ihn auch kannte, war immer Gegenstand von größtem Interesse. Sie saß, ihren Kopf zurückgelehnt, und was immer es auch war, Cortot, das jährliche Konzert von Huberman, ein Liederabend der Lotte Lehmann, sie hörte mit gespannter Miene zu. Zu Hause sang sie ihrer Kammerzofe, die auf sie gewartet hatte und ihr beim Auskleiden half, manche von den Melodien vor. Sie sang sie falsch, so behauptete es wenigstens Eugenie. Auch Eugenie hatte ein gewisses Nachahmungstalent, allerdings in schwächerem Grade als ihre Mutter, aber sie konnte ihre Freundinnen sehr belustigen, wenn sie ihnen vormachte, wie Frau von Lauffer vor ihrer Kammerzofe sang, und wie sie dann über den und jenen von den Konzertbesuchern abträgliche Bemerkungen fallen ließ. Im Konzertsaal aber sah Margit, die mit ihrer Mutter saß, die Mutter Eugenies in den ersten Reihen. Je nach den Bewegungen der Köpfe, die Margit vor sich sah, verschwand und erschien der Kopf der Frau von Lauffer. Ihr Haar wurde grau, und in den letzten Jahren war es weiß, aber immer war es höchst kunstvoll und dennoch einfach gerichtet, die beiden Brillanten ihres Ohrgehänges funkelten im Licht des Saales.

Hochzeit in Brooklyn

Meine Ankunft in New York war von freundlichen Umständen begünstigt. Ich reiste mit Verwandten, die mir nahestehen, mit guten Freunden, von anderen lieben Freunden wurde ich erwartet. Schon während der Überfahrt malte ich mir das Wiedersehen, den ersten Abend aus, sie würden von ihren amerikanischen Erfahrungen sprechen, ich von meinen europäischen Erlebnissen, diese schienen mir damals abenteuerlich genug, man schrieb Dezember 1940, und der Schrecken, welchem ich entronnen war, war noch nicht in seinen allerletzten Konsequenzen sichtbar, das Unausdenkbare, dessen die menschliche Natur sich fähig zeigte, hatte sich noch nicht in seinen letzten Möglichkeiten bewiesen, noch kannte man nicht den bis dahin unausdenkbaren Wagemut einer vereinzelten Flucht, nicht das Wunder einer vereinzelten Rettung. Meine eigene Rettung also schien mir in jenen Tagen durchaus wunderbar, sie würde ich, so sagte ich mir, mit meinen Freunden feiern, in der Stunde unserer lang vermißten und freudigen Vereinigung.

Und so geschah es auch. Meine Freunde A. erwarteten mich zwar nicht auf dem Pier, aber ein Brief, den man mir aushändigte, kündete mir an, daß sie im Begriffe waren, am gleichen Tage von einer Reise nach New York zurückzukehren, ja es schien, daß ihr Zug in der gleichen Stunde eintraf, da ich das Schiff verließ, es war am Nachmittag, von meinem Hotel aus konnte ich mich mit ihnen verständigen, und wir verabredeten den Abend.

Daß ich beim Umsteigen in der Station der Untergrundbahn nicht den mir angewiesenen Zug bestieg, statt dessen
aber eine Fahrt nach Harlem unternahm und so mit gehö-
riger Verspätung in der Wohnung meiner Freunde eintraf,
das konnte ich als einen milden Tribut an alle drohenden
Zufälligkeiten ansehen, denen der Fremde am ersten Tage
in der unbekannten Weltstadt ausgesetzt ist. Erinnerlich
ist mir überdies auch das Erstaunen, das mich befiel, als ich
das Haus, das mir als Adresse angegeben worden war,
eines der großen Zinshäuser am Riverside Drive, betrat.
Ich sah mich in einem luxuriösen Raum mit Marmorfliesen, Teppichen und goldenen Stukkaturen, sah mich von
einer Corona von livrierten Dienern empfangen und
glaubte, ich befinde mich durch Irrtum in einem eleganten
Klub oder etwa im Empfangsraum eines Eisenbahnma-
gnaten. Ich mußte mich vergewissern, daß die Adresse die
richtige sei, und konnte nicht begreifen, wie mein Freund
es fertig brachte, in solchem Pomp zu leben. Bald kam ich
allerdings dahinter, daß die Pracht dieses ersten Eindrucks,
ihren Kosten nach auf ungezählte Mieter aufgeteilt, nichts
anderes darstellte als einen – im übrigen recht harmlosen
– Fall von jenen vielen äußeren Herrlichkeiten, die das
Leben, das ich gerade antrat, auf Schritt und Tritt illumi-
nieren, ohne es freilich zu verändern.

Mein erster Abend in New York verlief allerdings wie
erwartet. Was ich in dem fremden Lande tun, was der
nächste Tag mir bringen würde, das war gewiß höchst
unklar, ich konnte nicht voraussehen, wie es ausgehen
würde. Aber Gedanken solcher Art lagen mir an jenem
Abend fern, ich sah mich am Ziel, ich sah mich bei meinen
Freunden, ich sah sie herzlicher denn je, ja nach den Monaten, die vergangen waren, bedeutete es sogar viel, mich
in dem Heim zu sehen, das mich umgab, in der bürgerli-

chen Wohnung. Mein Freund führte mich ans Fenster. Tief unten, dem Fluß entlang, bewegten sich die Lichter der Automobile, ein paar Lichter auf dem jenseitigen Ufer waren, wie man mir sagte, die Lichter von New Jersey, aus dem Hafen hörten wir ein Nebelhorn. New York – aus der Höhe dieser Wohnung am Riverside Drive – schien mir an jenem Abend eine mächtige und stille Stadt.

Wie oft habe ich in den folgenden Jahren an jenen Abend denken müssen! Wie tief ist jede Einzelheit, fast jede Gesprächswendung in meiner Erinnerung verankert! Aber oft habe ich mich auch gefragt, wie es allen anderen, den Hunderttausenden, die in meiner Lage angekommen sind, – und viele haben keine Freunde und keine Angehörigen, oder ihre Angehörigen hätten besser daran getan, sie gar nicht zu sich aufzufordern – oft also mußte ich mich fragen, wie es wohl allen denen an ihrem ersten Abend in New York ergangen ist. Gewiß, die Komitees haben Bedeutendes getan. Aber belehrte uns nicht der spätere Lebensweg so vieler, daß auch das beste Komitee nur sehr Beschränktes leisten kann?

Oft habe ich mir also Folgendes ausgedacht: Ich bin angekommen, ich bin allein gereist, ich weiß von keinem Haus, in das ich gehen kann, keinen Freund, den ich verständigen könnte, was tue ich an diesem ersten Abend? Soeben setzt mein neues Leben ein, wie mache ich den Anfang? Beschließe ich, da es ja nun doch mein erster Abend ist, diesen für mich feiern und trotz meiner begrenzten Mittel für einmal in ein teueres Restaurant zu gehen? Es wäre eine traurige Unternehmung. Ich soll meinen besten Anzug hervorholen, soll mich mit Nonchalance an einen von den Tischen setzen, soll, während ich bestelle, den Kellner glauben lassen, ich sei ein Börsenmakler, ein Mann der Industrie, ein erfolgreicher Schauspieler, ein New Yorker, für den der Besuch dieses Lokals nichts anderes ist als ein Stück seiner täglichen Gewohnheiten. Dasselbe sollen auch die Gäste von mir denken, sie kommen, ein junger Mann mit einer hübschen Frau, es ist vielleicht ihr Geburtstag, sie haben Theaterkarten, sie haben diesen Abend längst geplant. Was immer es auch sei und was immer auch das Tête-à-tête der beiden älteren Herren am anderen Nebentisch bedeuten möge: die Gäste sitzen hier, sie haben ihr Leben, sie denken an gestern und an morgen. Nein, es wäre ein Fehler, in ein solches Restaurant zu gehen, und ich glaube, ich käme recht niedergeschlagen aus diesem Abenteuer heraus. Aber auch das billige Lokal, das meinen Mitteln viel eher zustünde, wäre in vielen Belangen gar nicht besser. Ja, es wäre vielleicht sogar schlimmer, denn man säße enger beisammen, die Gespräche über Geschäft und Kinder würden mich umschwirren, und man würde mich vielleicht sogar dazu veranlassen, an der Unterhaltung teilzunehmen.

Manchmal – und ich habe, wie gesagt, oft über die Umstände eines ersten Abends in Amerika nachgedacht – manchmal dachte ich mir, es wäre am besten, Hals über Kopf in das neue Leben hineinzuspringen, einfach in einer geschlossenen Gesellschaft zu erscheinen, zum Beispiel bei einer Trauerfeier, mich dort als Leidtragender in eine von den Bänken zu setzen, Kondolenzen entgegenzunehmen, und da das Leben nun einmal begonnen werden muß, es wirklich zu beginnen, sei es auch mit der Trauer nach einem mir unbekannten Mann. Es wäre allerdings auch denkbar gewesen, es mit einer Hochzeitsfeier zu versuchen, möglicherweise eine lohnende Erfahrung, zwei Stunden nach der Ankunft unauffällig bei der Tafel zu sitzen, zu schauen, sich an den Witzen zu beteiligen, und nur unter gewissen Umständen, vielleicht ganz zum

Schluß beiläufig zu erwähnen: »Ja, ich bin soeben aus Europa entkommen.«

Ich muß gestehen, daß mir die Idee der Hochzeitsgesellschaft und auch der Trauerfeier wahrscheinlich nicht gekommen wäre, hätte man mir nicht von der Ankunft und dem Tode des Dr. Walter Korn, ehemals Musikreferenten an dem »Tagesboten«, dem viel gelesenen Blatt in meiner Heimatstadt, berichtet. Die tragische Begebenheit, von der sogar die amerikanischen Blätter ausführliche Schilderungen brachten, nebst Bild und biographischer Notiz, trug sich nur wenige Tage vor meiner Ankunft zu. Wenn ich nun, veranlaßt durch die Dr. Korn betreffende Nachricht, im folgenden versuche, etwas aus dem Ablauf seines so kurzen, leider nur zwei Tage dauernden Aufenthaltes in diesem großen Land zu schildern, dann wird man mir vielleicht vorhalten, es sei gewagt, die Gedanken eines einsamen und einsam verstorbenen Mannes erraten zu wollen. Die Toten, so wird man sagen, soll man ruhen lassen. Daß ich Dr. Korn gekannt habe – in unseren Konzerten war der kurze, ein wenig beleibte Mann mit schwarzer Hornbrille und trotz seiner Jugend schon kahlköpfig, in den Konzerten war er ein gewohnter Anblick – daß ich viele freundliche Gespräche mit ihm gehabt, daß ich seine Referate las, in denen oft die gleichen, etwas akademischen Wendungen wiederkehrten, die aber im Ganzen Kenntnis und Gediegenheit bewiesen, daß ich mich sogar an seinen Vater zu erinnern weiß und an die Zeit, da dieser, ein Textilgroßhändler das h in seinem Namen in ein r verwandelte, das alles kann nicht als Entschuldigung dienen. Die Entschuldigung kann nur eine summarische sein, eine summarische für das schriftstellerische Gewerbe als solches, für die Beschäftigung, die vielen so indiskret und aufdringlich erscheint. Aber wenn wir die Toten, vor deren Protesten wir uns sicher wissen, nicht um Zustimmung ersuchen können, so können wir uns doch wenigstens an die Lebenden wenden, und fühlen uns ein wenig entlastet, wenn sie uns sagen, dies oder jenes hätten sie auf ähnliche Weise erfahren.

Das Schiff, auf welchem Dr. Korn den Hafen von New York erreichte, kam nicht wie das meine zur Mittagszeit, es kam am Morgen an. Der Morgen, soviel ich weiß, war klar, und an einem solchen Morgen stehen die Passagiere auf dem offenen Deck. Mit manchen hat man Freundschaften geschlossen, aber schon sieht man, so merkt es wenigstens das Fräulein X., wie alles auseinanderfliegt, schon ist ein jeder mit sich selbst beschäftigt, schon blicken die Väter besorgt, daß die Familien beisammen bleiben, indessen sieht man aber zur Linken, auf ihrer Insel, wahrhaftig die berühmte Freiheitsstatue, nur plumper und kleiner als man es gedacht hat, und gegenüber stehen die Bauten von Manhattan, man fährt ihnen geradewegs entgegen, und die Riesentürme wachsen, schwarz und weiß und scharf umrissen in der Morgensonne. Ja, das ist ein großer Augenblick, aber das Fräulein X. blickt trotzdem auch um sich, und was Dr. Korn betrifft, so sieht sie, daß er statt seiner Reisemütze jetzt schon einen Hut auf dem Kopfe trägt und durchaus feierlich dareinsieht, während er gestern Abend in der Bar noch recht gesprächig gewesen war und sich sogar ans Klavier gesetzt hatte, um die amerikanische Hymne zu spielen, als zu später Stunde das erste Licht des neuen Kontinents sichtbar wurde, wahrscheinlich ein Leuchtturm weit draußen im Meer.

Zwingt dieser große Augenblick die Reisenden zu einer schnellen Besinnung? Zwingt es sie, da sie sich in der Hafeneinfahrt von New York so unvermutet vor den Baukolossen sehen, sich selbst und diese neue Welt zu messen, Hoffnungen, Möglichkeiten und Entwürfe, alles in einem einzigen und schleunigen Gedankenfluge zu umfassen? Dr. Korn weiß es gewiß, was dieser Augenblick bedeutet, und er sieht vielleicht sogar den Strom der Millionen vor sich, den Strom der holländischen, schottischen, der irischen, der deutschen, der ostjüdischen Einwanderer, die mit Hoffnungen und Entwürfen an Deck des Schiffes standen, mit Entwürfen für das Land, dessen stumme Fassaden sich jetzt so mächtig in die blaue Winterluft erhoben. Gewiß, ohne Hoffnung, ohne den Gedanken an ein glückliches Morgen gibt es keinen Atemzug, und auch der Mann, der im Tagesboten oft Treffendes über die Opernabende unseres Theaters schrieb, auch er hatte wahrscheinlich seine Hoffnung. Aber vielleicht war es so, daß die Beschäftigung mit den Erfordernissen dieses Augenblicks, mit seinem Gepäck und seinem Schirm, der Gedanke an seine Papiere und an die bevorstehende Unterredung mit dem Immigrationsbeamten, daß alles dieses und nichts anderes seinen Geist in Anspruch nahm.

Die Offiziere der Immigrationsbehörde amtieren im Restaurant zweiter Klasse, und Walter Korn – prompt und mit dem Respekt, den ein Beamter offenbar von ihm erwartet – gibt seine Antworten. Sein Geldbesitz ist vierhundert Dollar, er weist vier Hundert-Dollarscheine vor (die kleineren Geldscheine sind nicht nennenswert), und er erklärt, daß sein Affidavit-Geber Abraham Schiffman, Pelzhändler 130 West 28. Straße, der Gatte seiner Cousine Else Schiffman ist. Bald darauf tritt er ans Land.

Er betritt den Pier, und da er jetzt, nach mehr als zwei Jahren – und wir wußten, daß er infolge seiner Zugehörigkeit zur Freimaurerloge Amicitia zwar nicht in einem Lager, aber immerhin drei Wochen in Haft gewesen war, wir kannten die Schwierigkeiten seiner Flucht aus dem Lande, die Schwierigkeiten seines Aufenthaltes in Frankreich und die Schwierigkeiten seiner neuen Flucht – da er also jetzt, nach mehr als zwei Jahren die Luft der Freiheit atmete, tritt ein junger Mann mit rötlich blondem Schnurrbart auf ihn zu und sagt, Frau Schiffman bedauere, nicht selbst gekommen zu sein. »Ja«, sagt Herr Katz, ein Angestellter des Herrn Schiffman, gewiß ein tüchtiger Angestellter, da er unseren Dr. Korn mit solcher Schnelligkeit und Sicherheit gefunden hat, »ja«, sagt er, »es werden große Vorbereitungen getroffen.«

»Was für Vorbereitungen?« fragt Dr. Korn, von dem gewiß nicht zu erwarten steht, daß er von allem weiß, das in dem Land der Freiheit vorbereitet wird, »was für Vorbereitungen?« fragt er und fragt sich selbst, ob seine englische Konversation nicht eine allzu wortgetreue Übersetzung aus dem Deutschen sei.

»Oh, Sie wissen es nicht?« meint Herr Katz, »Miß June Schiffman«, sagt er, »heiratet schon morgen. Ich soll Ihnen eine Einladung zur Hochzeit überbringen.«

»Vielen Dank«, sagte Dr. Korn und erwähnte nicht, daß er von einem Fräulein Schiffman bisher nichts gewußt hatte, daß auch Herr Abraham ein Unbekannter war, ein Schatten am Rande des Bewußtseinshorizontes in all den Jahren, und daß erst als kürzlich die Weltgeschichte in Bewegung geraten war, auch der Schatten Abraham begonnen hatte, sich zu regen, körperliche Rundheit anzunehmen, die Rundheit des amerikanischen Geschäftsmannes, der glattrasiert und lächelnd das Affidavit unterschrieb.

»Fräulein Schiffman«, sagte Herr Katz, und sie saßen jetzt in einem Taxi, hatten das Gedränge und die schrittweise Bewegung der Personenwagen und Lastautomobile hinter sich und befanden sich jetzt in schneller Fahrt auf der erhöhten Autobahn, zur Linken sahen sie den Fluß mit der Hafenanlage, die dickbäuchigen, schwarz und glänzend weißen Schiffe, zur Rechten in gleichmäßigen Abständen die Straßenschächte, und Dr. Korn bemerkte die flachen Dächer und in der Ferne hier und dort einen Turm oder ein hohes rechteckiges Gebilde, »Fräulein Schiffman«, sagte also Herr Katz, »heiratet einen Rechtsstudenten. Sie haben sich an der Cornell-Universität kennengelernt. Hier lernen sich die jungen Leute im College kennen und dann heiraten sie oft.« Er lächelte, und Dr. Korn, jetzt auf seiner ersten Fahrt entlang dem Hudson, bemerkte ein paar Sommersprossen auf der Stirne des Herrn Katz und einen Goldzahn in der linken Ecke seines Mundes.

»Hitler«, sagte dann Herr Katz, »ist ein böser Dämon.« Er machte diese Bemerkung vielleicht anläßlich der Erwähnung von Europa, vielleicht hätte er sie dem fremden Gast zuliebe ohnehin gemacht. Ob aber das amerikanische Volk sich dafür entscheiden würde in den Krieg zu gehen, wollte Herr Katz nicht sagen. Er schwieg, und über die Natur der Entscheidung, die das Schicksal Europas, der Welt, und jedenfalls auch das Schicksal Dr. Korns betraf, war aus den Falten seiner Stirne nichts herauszulesen, seine Augenbrauen zogen sich zusammen, während das Automobil an einer Parkanlage vorüberfuhr, dahinter in der Höhe eine Reihe glatter Häuserfronten sichtbar wurde und auf der anderen Seite der Fahrbahn – da man den Hafen schon verlassen hatte – der breite Fluß, der weißlich glänzte und sich in der Ferne wie ein stiller See verlor.

Das Auto hielt in einer ruhigen Straße vor einem dreistöckigen Haus. »Hier haben wir für Sie ein Zimmer aufgenommen«, sagte Herr Katz. »Diese Westseite war einmal das eleganteste Viertel von New York. Das Zimmer kostet wöchentlich sieben Dollar, ich nehme an, das wird Ihnen recht sein.

»Oh, außerordentlich, außerordentlich«, sagte Dr. Korn, und mit einer leichten Verbeugung bedankte er sich bei Herrn Katz, ich erinnere mich gut an diese Art von Verbeugung, an seine Geste des Dankes, er sah den anderen aus etwas hervorgequollenen Augenbällen, gleichsam verängstigt an, und da er ohnehin so kurz von Statur war, sah er jetzt umso mehr zu jenem anderen auf, er war tatsächlich die Freundlichkeit in Person, und auch Mrs. O'Connor, die Hausfrau, die ihn in sein erstes und leider einziges New Yorker Zimmer führte, sagte, er sei ein liebenswürdiger Herr.

Das Zimmer lag im obersten Stock. Dr. Korn sah einen rostbraunen Fauteuil, eine rostbraune Decke auf dem Bett und an der Wand ein kleines Bild. Es stellte zwei Zwerge dar, sie tranken einander in Bierkrügen zu, und Mrs. O'Connor hatte, als sie seinerzeit das Bild an der Wand befestigte, gewiß die löbliche Absicht gehabt, ein wenig Heiterkeit zu bieten, ohne allerdings im Besonderen an den Kritiker unserer Morgenpost zu denken, der eines Tages nach dem Weggang des Herrn Katz allein in diesem Zimmer sitzen und vielleicht recht gerne etwas Heiterkeit um sich sehen würde, und sei es auch nur eine solche von zwei Zwergen.

Er stand auf und sah in den Gang hinaus. Ein Mann mittleren Alters kam, obwohl der Vormittag schon vorgerückt war, in Unterkleidern aus dem Badezimmer. Seine Arme waren bloß und zeigten reiche Tätowierungen. Als Dr. Korn sich wieder in sein Zimmer gesetzt hatte, horchte er. Das Haus war still. Abgesehen von jenem Unbekannten, der wahrscheinlich eine nächtliche Beschäftigung hatte, schienen die Bewohner nicht zu Hause.

Ist es nicht unsere Pflicht, da wir in dem neuen Erdteil angekommen sind, da so viel Leben und Geschäftigkeit uns hier umgibt, uns hineinzustürzen, unsere Aktentasche zu ergreifen, von Besprechung zu Besprechung zu eilen, haben wir nicht zu wissen, daß in Amerika die Stunden, ja sogar die Minuten zählen? Auch Dr. Korn hatte seine Aktenmappe, und eine kleine Schrift über Johann Stamitz, das Haupt der Mannheimer Schule, ferner ein Separatdruck aus der Zeitschrift für Musikwissenschaft, eine Oper Franz Schuberts betreffend und überdies eine Auswahl aus seinen Zeitungsreferaten war ihr Inhalt. Die Oper Schuberts hatte ihre Reize, und dieses Stück in Amerika bekannt zu machen, wäre fraglos ein Verdienst. Sah er sich daher vielleicht als Initiator einer Aufführung, sah er sich am Ende von Interviewern umringt, befragt, geehrt, Aufklärung bietend, schließlich sogar das Übermaß von öffentlichem Interesse abwehrend, da er ja doch nicht der Komponist, sondern nur der Kritiker, der Kenner war? Oder sah er sich nicht vielmehr mit seiner Aktenmappe unterm Arm im Bureauraum dieses und jenes Mächtigen, der ein paar liebenswürdige Worte sagen, aber dennoch recht geistesabwesend an seinem Schreibtisch sitzen würde, während er, Dr. Korn, so gut es ihm eben in englischer Sprache möglich war, seine ganze Beredsamkeit aufbieten würde, um das Werk Franz Schuberts interessant zu machen, um zu Musik zu überzeugen?

Der Musik, so viel ist sicher, galt seine Liebe, und wenn man ihn als Kritiker vielleicht manchmal pedantisch nannte – und fraglos trugen die Künstler, deren Leistungen er bemängeln mußte, am meisten zur Verbreitung einer solchen Meinung bei – man durfte nicht vergessen, daß er in frühen Jahren nach manchem Konzert, nach manchem Opernabend, nach dem Anhören eines damals neuen Werkes in einem der Trunkenheit ähnlichen Zustand Leben und Zukunft vor sich gesehen hatte. Und was spätere Jahre betraf, so war sicherlich niemand dabei, wenn er, der in Gesprächen oft nicht viel mehr tat als eine Äußerung über das Datum einer Komposition, über die Stimmlage einer Partie richtigzustellen, wenn er am Abend allein in seinem Zimmer saß. Wer weiß, mit welcher Neugier und welchem Entzücken er vielleicht, und vielleicht sogar bis in die späte Nacht hinein, in seinen Partituren las?

Jetzt sitzt er freilich in dem Zimmer in New York. Und wenn er jetzt an Musik denkt, so können wir unsererseits uns eines seltsamen Gedankens nicht erwehren. Denn ist es nicht eine seltsame Vorstellung, daß der Erfolg der Musik Franz Schuberts jetzt mit dem leiblichen Wohlergehen des Dr. Korn verquickt ist, ja mit seinem leiblichen Fortbestand als solchem, mit seiner Möglichkeit, ein Zimmer zu mieten und in New York zu essen? So merkwürdig auch diese Verquickung ist, so peinlich sie ihm auch selbst erscheinen mag, eines ist sicher: der Mann, der mit seiner Kenntnis von Schubert und mit seinen Ergebnissen Johann Stamitz betreffend im Hafen angekommen ist, muß essen, und wir werden nicht eher zufrieden sein, als bis wir ihn vor einem vollen Teller in der Cafeteria sitzen sehen, die Augen hinter seinen Brillengläsern auf seine Portion gerichtet und seine Backen, etwas rundlicher als sonst, mit Speise angefüllt. Und es ist die Frage, ob uns das genügen soll. Denn ein jeder, der Dr. Korn gekannt hat, wird bestätigen, daß er in seinem Leben auch noch andere Freuden kannte. Welche Stelle unter diesen Freuden der Musik zukam, ist schwer zu sagen, aber fraglos liebte er nach dem Essen eine gute Zigarette, fraglos fühlte er sich in fröhlicher Gesellschaft wohl, lachte oft und trug auch seinerseits zur Unterhaltung bei, indem er sächsische

Anekdoten mit ausgezeichneter Beherrschung des Dialekts erzählte. Aber wir machen Pläne für Dr. Korn, erwägen seine Zukunft, ohne daran zu denken, was ihm in Amerika bevorstand.

Im übrigen war das Essen im Augenblick kein Gegenstand der Sorge. Der Kritiker, nach einiger Zeit in seinem Zimmer, verspürte Hunger und er ging. Ein Laden mit Apothekerwaren und kosmetischen Artikeln lud mit seinem Reklameschild auch zu einer Mahlzeit ein. Dr. Korn betrat den Raum, ein dicker Mann im Aufzug eines Kochs bereitete hinter dem Ladentisch zwei Spiegeleier. Auch Dr. Korn setzte sich an den hohen Ladentisch, er ließ sich ebenfalls zwei Spiegeleier geben und sah die Flaschen mit Toilettenwasser, die Schokoladeschachteln und die Füllfedern um sich. Der Laden war im übrigen nicht gut besucht, der dicke Koch sprach mit zwei anderen Gästen über ein Sportereignis. Nachdem er die Spiegeleier verzehrt hatte, trank Dr. Koch eine Tasse Kaffee, und nachdem auch dieses getan war, ging er in sein Zimmer zurück.

Jetzt war er vielleicht schon lange genug an Land, um anzufangen und tätig zu sein. Sein ehemaliger Redaktionskollege Kettner war seit zwei Jahren in New York, und er hatte eine Empfehlung an Professor Schneider, der, wie es hieß, auch nach seiner Auswanderung, auch in Amerika sehr viel zu sagen hatte. Er führte darum zwei Telephongespräche, und am Abend kam der Redaktionskollege, um ihn abzuholen.

»Na altes Haus!« sagte Kettner und schlug ihm auf die Schulter. Dachte Kettner, der Lokalreporter, noch immer, daß die Musik eine zwar notwendige, aber in ihrer Ernsthaftigkeit ein wenig lächerliche Rubrik der Zeitung sei? Sah er in dem Kritiker noch immer den kleinen Weltfremden, den kunstbegeisterten, bedauerlichen Mann? Jetzt war er, Kettner, in Amerika beheimatet, fast konnte man ihn schon einen Amerikaner nennen, und mit der richtigen Nonchalance führte er den neu angekommenen Kollegen auf den Broadway, mitten in das Gedränge, vorbei an den hell erleuchteten Schaufenstern, den leuchtenden Aufschriften der Kinematographentheater und führte ihn schließlich in eine große Cafeteria, deren Metallbeschläge silbern glänzten und wo auch die ausgestellten Speisen, die Kuchen und die großen Früchte in einer Flut von Licht zu sehen waren. Er erklärte ihm, wie man sich hier zu bedienen, wie man das Tablett, die Papierserviette zu benützen habe. »Siehst Du, das sind ganz bestimmte Bräuche«, sagte Kettner, dann setzten sie sich einander gegenüber.

Dr. Korn bemerkte, daß Kettners rötliches Haar spärlicher und daß sein Hals etwas dicker geworden war. »Arbeitest Du für eine Zeitung?« fragte er ihn.

»I wo«, sagte Kettner und lachte, »darin ist kein money.« Er war Verkäufer von Glasknöpfen und von imitiertem Schmuck. »Salesman«, sagte er, »nennt man das. Ich gehe zu den Firmen und von meiner Firma bekomme ich Prozente. Das ist ganz schön.«

Er aß eine Erbsensuppe, dann sprach er von Amerika im Allgemeinen. »Die Amerikaner, weißt Du, meinen es gut. Du mußt sie nehmen, wie sie sind. Übrigens kann jeder hier tun, was er will, das ist großartig. Du kannst morgen Tellerwäscher sein und übermorgen einen Lift bedienen, das macht alles nichts. Die meisten meiner Bekannten machen es so.« Er schien recht guter Dinge angesichts der Möglichkeiten, die er seinem Bureaukollegen offenbarte, während er zugleich mit viel Befriedigung an den Verkauf von Glasknöpfen und imitierten Schmuckgegenständen dachte, eine Gelegenheit, die sich natürlich nur für wenige bot.

Aber das Leben hatte auch für Kettner seine Schattenseiten. Er aß jetzt ein Stück Roastbeef mit Kartoffeln und Spinat und sprach von seiner Mutter. Er hatte seine Mutter nach Amerika mitgenommen, und jetzt war sie krank. »Krebs«, sagte er, »mein ganzes Verdienst geht in diese Krankheit.« Er nahm einen großen Bissen in den Mund und fügte hinzu: »Es ist vollkommen hoffnungslos.«

Dr. Korn schwieg, während Kettner seinen angefüllten Teller leerte. Durch das Gewirr von Rufen und Gesprächen in der stark besuchten Cafeteria waren regelmäßige Glockenzeichen und das Klirren von Geschirr zu hören.

Aber weniger fröhlich als Kettner beurteilte Professor Schneider am nächsten Tag die Lage in Amerika. Dr. Korn sah sich in einem geräumigen Zimmer, sah durch das breite Fenster unten den Park, die kahlen Bäume und einen Teich, auf dem sich gerade eine leichte Eisschicht bildete. »Ja es ist schwer«, sagte der Gelehrte. Er saß im Fauteuil, er fingerte an seinem ungeränderten Zwicker und mit einem leisen Seufzer sagte er noch einmal: »Es ist schwer. Was haben Sie publiziert?«

Dr. Korn ergriff die Aktenmappe, die neben seinem Sessel stand. Dann blätterte der Professor in den Drucksachen und schließlich sah er wortlos vor sich hin. »Sehr schwer«, wiederholte er nach einer kleinen Weile. »Sehen Sie, selbst meine Schüler haben es schwer.«

Dr. Korn hätte erwidern können, daß die Schwierigkeiten vielleicht nicht unüberbrückbar seien, da der Professor eine offenbar geräumige Wohnung hielt, in einem Hause mit Portier und freier Aussicht, während er selbst, Dr. Korn, einen Portier nicht brauchte, von seinem Schreibtisch aus auch nicht den Flug vereinzelter Vögel über den winterlichen Park verfolgen mußte, daß er vielmehr nichts anderes haben wollte als ein kleines Zimmer, er hätte sagen können, daß, wenn die wohleingerichtete und große Wohnung gewiß ein entsprechendes Gegenstück zur großen Leistung des Professors war, daß auch er eine gewisse Leistung aufzuweisen hatte, und daß ein bescheidenes Zimmer, gemessen an seiner eigenen Leistung nicht zu viel zu sein schien. Aber ich kannte Dr. Korn. Solches zu sagen, war nicht seine Art.

Der Professor hatte im übrigen eine Anregung zu geben. »Sie müssen eben die Leute wissen lassen, daß Sie da sind. Zeigen Sie sich an verschiedenen Orten, zeigen Sie sich in Bibliotheken, und mit der Zeit kann vielleicht etwas an Sie herantreten.«

Was konnte Dr. Korn zur Antwort geben? Gewiß hat er sich bedankt, ehe er die Wohnung des Professors verließ, im Lift hinunterfuhr und sich dann wieder auf der Straße sah.

Er machte ein paar Schritte durch den Park. Es war ein Sonntag. Er sah Familien auf ihrem Spaziergang durch den Park, die Frauen in ihren Pelzmänteln, einige Väter mit photographischen Apparaten, und die Kinder, die im Ballspiel vorangelaufen waren. Aber es waren nicht viele, die der Park gelockt hatte und die gern den trüben Himmel über der Stadt an einem der letzten Sonntage des Jahres sahen.

*

Die Hochzeit fand am Abend statt. Das Hotel, in dem die Feier abgehalten wurde, lag in Brooklyn, und Dr. Korn machte eine lange Subway-Fahrt. Während der Zug die unterirdischen Tunnels durchfuhr, dachte er an die Ausdehnung der Stadt, dachte an die Familien, die am Sonntag den späten Nachmittag in ihren Wohnungen verbrachten, ihre Zahl ging in die Millionen, viele saßen vielleicht wortlos beisammen und warteten, bis der Tag vorüberging. Aus der Subway-Station kam man, ohne die Straße zu betreten, ins Hotel und Dr. Korn sah alles hier beisammen, nicht nur Untergrundbahn und Hotel, er sah auch den Eingang zu einem Kinematographentheater, sah eine Buchhandlung, einen Blumenladen und einen Hutsalon, und was die Hochzeit betraf, so gab es sogar einige Hochzeiten. Das Stockwerk, in welchem der Lift ihn absetzte, enthielt die Räumlichkeiten, einzelne Türen standen offen, und man sah Zimmer, an deren Enden ein Baldachin errichtet war, und man sah andere größere Räume mit gedeckten langen Tafeln. Manche von den Feiern waren offenbar im Gang, andere waren noch in Vorbereitung, die Gruppen standen im Vorraum, darunter ein und die andere Braut in hellem Kleid mit großem Blumenstrauß.

Dr. Korn blickte um sich und bald erkannte er seine Cousine, die Begrüßung war herzlich, Dank für das Affidavit und Glückwunsch zur Familienfeier wurden in einem ausgesprochen, während Else Schiffman zu der Rührung dieser Stunde auch noch ein verwandtschaftliches Wiedersehen hatte. Gewiß, Dr. Korn hatte sie erkannt, ihre Gestalt, kräftig an den Hüften, glich jetzt der Gestalt ihrer Mutter, auch die Tränensäcke unter den Augen waren schon nahezu die gleichen, die mächtige Statur des Vetters Abraham war aber wie erwartet, mit Ausnahme vielleicht der beiden etwas auseinandergewachsenen und hervorstehenden Vorderzähne und der dicken weißen Blume in seinem linken Knopfloch. Ja, es war ein erstaunliches Zusammentreffen, die Hochzeit der Tochter und dieses Wiedersehen, und die Freunde, die schon anwesend waren, Herr und Frau Rosenbaum, Herr und Frau Blum, Frau Cutler und auch die Eltern des Bräutigams, Herr und Frau Meier, waren alle sehr beeindruckt. Aber man hatte nicht viel Zeit zu sprechen, und so gern sich auch Herr

Blum mit dem Kritiker unterhalten hätte, so sehr er auch betonte, er müsse alles über Nazi-Deutschland wissen, Herr Schiffman mahnte, man setzte sich in den kapellenartigen Raum, und die Zeremonie begann.

Sie begann mit einer musikalischen Darbietung. Ein Mädchen sang zur Begleitung des Harmoniums. Sie sang ein Lied von der Liebe, und sie sang es etwas tiefer als das Harmonium gestimmt war. Der Kritiker bemerkte, daß der Herr, der vor ihm saß, sehr wohlgenährt war, und sah an seinem Halse unterhalb des Hutes, den er in Anbetracht der religiösen Feier trug, zwei dicke Wülste. Die Dame neben ihm nickte in gleichmäßigem Rhythmus zur Melodie des Lieds, eine junge Mutter bemühte sich, ihr Kind von Zwischenrufen abzuhalten.

Dann spielte das Harmonium die Hochzeitsmusik aus Lohengrin, und, von ihrem Vater geführt, betrat die Braut den Raum. Alle Gäste wandten ihre Köpfe, um sie zu sehen, und alle schienen sehr befriedigt. Ihr weißes Kleid hatte einen leichten Schimmer, der Schleier umrahmte ein Gesicht mit wohlgeformten roten Wangen. Ihre Augen waren tief dunkel und enthielten zugleich zwei strahlende und kleine Lichter. Der Bräutigam führte Else Schiffman. Da er, schlank und gleichfalls mit geröteten Wangen, unter dem Baldachin stand und seinen Blick auf sie gerichtet hatte, da sagten sich die Zuschauer, das Paar sei wirklich ein erfreuliches.

Es folgte der Rabbiner im Ornat von dunklem Stoff und Gold. Er sagte, während er durch die Reihen schritt, in hebräischer Sprache ein Gebet. Er betete auch unter dem Baldachin, dann wechselte er zum Englischen hinüber. Er sprach von Liebe und Familie, von Zukunft und von Gottvertrauen. Dann stellte er seine Fragen an das Paar, das »Ja« der Braut klang wie gehaucht, der Bräutigam bemühte sich, das seine kräftiger klingen zu lassen, zum Schluß nahm der Rabbiner die Hand der Braut und befestigte den Trauring.

Dr. Korn, in einer von den mittleren Reihen, verfolgte die feierliche Handlung. Dachte er vielleicht an den Vormittag? An sein Gespräch mit dem Professor? Rechnete er, daß seine 400 Dollar – er trug sie bei sich in der Brieftasche, denn die Banken waren, seit er angekommen war, gesperrt – rechnete er, daß das Geld gerade für vier Monate ausreichen würde? Oder waren solche Gedanken in einem so festlichen Augenblick nicht angebracht? Mußte er sich ihrer schämen, da er ja schließlich sah, wie Else Schiffman weinte, da er das neu vermählte Paar vor sich sah, die reizende und reizend lächelnde Braut, den Bräutigam, in dessen Gesicht so viel von jugendlicher Hoffnung und von glänzenden Lebensaussichten zu lesen war, und da er sah, wie sie gerade ihren Lebensbund geschlossen hatten? Es wurden viele Küsse ausgetauscht, und dann umstanden die Gratulanten die Familie. Dr. Korn – er ist es ja schließlich, den wir hierher begleitet haben – ergriff die Hand der Braut und sah ihr in die Augen.

»Ich danke Ihnen, ich danke Ihnen vielmals«, sagte sie. Sie hielt seine Hand, was wußte sie von ihm? Hat ihre Mutter in einer Wallung von Familieneitelkeit den fremden Vetter weit über Gebühr in seinem Ruf erhoben? Hat sie vielleicht den Ihren von einem berühmten Gelehrten, von einer großen Autorität erzählt? Sieht die junge Braut daher den Vetter ihrer Mutter in einem Hotel von Rang vor sich, die wirtschaftliche Frage unerheblich, die Autoritäten Amerikas anläßlich seiner Gegenwart geehrt und erfreut? Sieht sie es so und kennt sie nicht das Zimmer, in dem ein Emigrant den Nachmittag verbringt? Kennt sie nicht die Fragen und die Sorgen, die ihn beschäftigen, wenn er allein bei seiner Mahlzeit sitzt? Und weiß sie überhaupt von seinem Herzklopfen am Konsulat, von den schlaflosen Nächten, die er verbracht hat, ehe die Reise in ihr Land gestattet wurde? Und weiß sie vor allem etwas von der anderen Seite? Kennt sie das Wort Ausreise, weiß sie was eine Flucht bedeutet? Kann sie es sich vorstellen, wie hinter den Befestigungen Frankreichs, wie hinter den Linien, die man für uneinnehmbar hielt, die Sturzflut, das Schreckensbild von Konzentrationslager und Gefängnis, von Tod und Folter, wie alles neu hereingebrochen ist? Weiß sie, die in ihrem geschmackvollen und hellen Kleid so liebenswürdig Glückwünsche entgegennimmt, weiß sie, was es bedeutet, wenn in riesenhaften, schwarzen Lettern der Name Hitlers auf dem Horizont erscheint? Sie weiß es wahrscheinlich nicht. Aber warum sollen wir unter allen hier gerade sie mit unseren Visionen quälen? Es ist ihr Hochzeitstag. Sie blickt mit Entzücken auf ihren jungen Mann, ihr Leben, ihre kleine Wohnung, ihr Glück, es ist genug, um sie für heute abend zu beschäftigen.

Das Diner wurde in einem anderen Raume aufgetragen und mit Vorbedacht geplant. Denn Dr. Korn saß neben Fräulein Wolfner, einer Dame aus Berlin, einer Verwandten Else Schiffmans – mit ihm selbst nur sehr entfernt verwandt, wie bei diesem ersten Zusammentreffen festgestellt wurde – auf der anderen Seite aber saß Mrs. Cutler, und Mrs. Cutler zeigte für Musik viel Interesse. Sie sagte, Toscanini sei ein großer Dirigent und sie besuchte Nachmittagsveranstaltungen, an denen eine berühmte Pädagogin musikalische Werke besprach und erklärte. »Sie zeigt uns alles«, sagte sie, »wie die Themen kommen und gehen. Sie zeigt die Themen auch mit einem Projektionsapparat. Es ist sehr interessant.« Mrs. Cutler besuchte auch die Oper, und ihre Neigungen und Abneigungen waren sehr bestimmt. Sie liebte Don Giovanni und sie sagte: »Ich hasse Figaro.« Sie liebte die Walküre und sie haßte Tristan, und Fidelio fand sie einfach schlecht.

»Meinen Sie«, fragte Dr. Korn, und er blickte von seinem Teller auf, unterbrach das Essen, denn die Frage war gewissermaßen eine Frage von Prinzip, »meinen Sie, daß es so ohne weiteres geschieht, daß ein Meister heute ein gutes und morgen ein schlechtes Werk schreibt? Meinen Sie, daß, wenn wir nicht in der Laune sind, an dem Werk eines Meisters Gefallen zu finden, daß wir uns dann nicht zuerst selber prüfen und versuchen sollten, uns selbst die Schuld zu geben?«

Sein Englisch war mangelhaft, aber Mrs. Cutler hatte ihn verstanden. Auch ihr war es jetzt prinzipiell zu Mut, und obwohl sie ja eigentlich zu einer Hochzeitsfeier gekommen war und sehr wohl bemerkte, daß sich Else Schiffman mit dem Menu nicht übermäßig angestrengt hatte, verteidigte sie ihren musikalischen Standpunkt. »Ja ist Musik denn nicht geschrieben, um uns zu erfreuen, um unser Leben zu bereichern? Und habe ich darum nicht das Recht zu sagen: dieses will ich und dieses nicht, dieses gefällt mir und dieses nicht? Man spricht immer von den Meistern. Waren sie Halbgötter? Waren sie nicht Menschen? Konnten sie denn gar nichts Schlechtes machen? Denken Sie nur an Mozart, wie schlecht er seine Angelegenheiten verwaltet hat, wie elend sein Ende war. Und Beethoven war schließlich auch kein Beispiel.«

Der arme Dr. Korn! War Mrs. Cutler am Ende eine bedeutende Musikmäzenin? Hatte sie Einfluß? Konnte sie behilflich sein? Um seinen eigenen Standpunkt klarzumachen, um sie zu überzeugen, hätte er sie bei einem offensichtlich beweisbaren Irrtum packen, hätte ihr erklären können, daß soweit es Beethoven betraf, viele falsche Legenden in Umlauf waren, daß gerade Beethoven es sehr wohl verstanden habe, seine Angelegenheiten zu verwalten, daß er für die öffentliche Meinung seiner Zeit der größte Komponist gewesen sei, es wäre vielleicht möglich gewesen, ihr so in ihren eigenen Denkbahnen beizukommen und sie damit zu einer Revision ihrer Ansichten zu bringen. Aber Dr. Korn sah wohl, daß es nicht leicht gewesen wäre, und er unterließ es. Auch ein Gespräch über Verdi war ein Fehlschlag und Mrs. Cutler wandte sich bald zu ihrem anderen Tischnachbar.

Die Dame aus Berlin, das Fräulein Wolfner, zur Linken Dr. Korns, erwies sich als lebhafte Gesprächspartnerin, sie sprach von ihren geschäftlichen Erfahrungen, von ihrem Konditorladen in der Bronx. Es war sehr schwer für eine Emigrantin, sagte sie, aber sie hatte in fünf Jahren etwas aufgebaut. Und so erzählte sie von Applepie und Lemonmeringue, von Coffeering, Marshmellow und Cupcakes. Das Gespräch über alle diese Bäckereien kam zur rechten Zeit, denn bald wurde der Hochzeitskuchen aufgetragen, ein großer weißer Turmbau, Fräulein Wolfner konnte fachmännische Erklärungen geben, und die Braut, begleitet vom Applaus der Gäste, schnitt den Kuchen an.

»Ich verstehe das deutsche Volk nicht«, sagte Mr. Blum, und er mußte sich anstrengen, um zu Dr. Korn zu sprechen, denn er saß auf der gegenüberliegenden Seite der Tafel, gar nicht nah von ihm, »daß sich niemand gefunden hat, kein Held, kein Befreier!« »Das wäre nicht so leicht«, sagte Dr. Korn, und auch er mußte laut über die Tafel hinübersprechen. »Nicht so leicht«, wiederholte er und überlegte, wie er alles erklären könne. Mr. Blum schien recht enttäuscht.

Bald wurde allerdings die Sitzordnung aufgelöst, bald war auch das Brautpaar verschwunden, sie nahmen, wie man wußte, einen Nachtzug nach Florida. Die Gäste blieben noch zwei Stunden. Herr Blum beharrte auf seiner Frage, Frau Rosenbaum gab dem Kritiker Recht und sagte, was zu machen gewesen wäre, hätte der Präsident Roosevelt gewiß gemacht. Herr Kaplan sagte, der Präsident sei ein öffentliches Unglück, Steuern und Krieg, das würde das ganze Resultat sein. Frau Rosenbaum erwiderte, auch Wilkie wäre für eine starke Politik gewesen, und bald legte sich die Aufregung dieses Gesprächs. Man unterhielt sich dann noch lange über die Braut, ihr Kleid, ihr reizendes Benehmen und um elf Uhr dreißig war es Zeit zu allgemeinem Aufbruch. Else Schiffman sagte, sie hoffe ihren Vetter bald einmal zu sehen, und Fräulein Wolfner lud ihn ein, die Konditorei in der Bronx zu besuchen.

Dann nahm der Kritiker die Subway. Während der Fahrt muß es wohl geschehn sein, daß ihm jemand eine falsche Auskunft gab. Denn als er in Manhattan bei der 96. Straße an die Oberfläche stieg, sah er sich nicht wie erwartet am Broadway sondern auf der Ostseite der Stadt. Daß es nicht weit zu seinem Zimmer auf der Westseite war, das wußte er gewiß. Ob er aber nicht vom Autobus wußte, der bei der 97. Straße den Park durchquert, oder ob er das Fahrgeld ersparen wollte, ob die nächtliche Gefahr im Central Park – die zwölfte Stunde war schon vorbei – ob dieses Risiko ihm unbekannt war, das alles konnte nicht festgestellt werden. Der Polizeibericht sagte nur aus, daß er zu Fuß ging und daß er etwa auf halbem Weg offenbar von einem einzelnen Manne angehalten wurde. Der Polizeibericht kombinierte auch, daß er sein mitgebrachtes Bargeld – vierhundert Dollar – bei sich trug, daß dieses sein ganzes Vermögen war, und daß er sich deshalb handgreiflich gewehrt und in den Kampf eingelassen hatte, in dem er überwältigt wurde. Soweit der Polizeibericht. Die Frage konnte sich noch stellen, ob bei seinem Entschluß, den Central Park zu Fuß zu überqueren, nicht ein gewisser Mutwille dabei gewesen war, ein leichtes Spielen mit der Gefahr, deren er sich vielleicht doch bewußt war, ja vor der ihn vielleicht sogar ein Passant auf der Ostseite gewarnt haben mochte, man konnte sich auch fragen, ob es nicht eben auch eine bestimmte innere Verfassung war, die ihn dazu verleitet hatte, einen Kampf aufzunehmen, dessen Ausgang, nach allen natürlichen Berechnungen, auch ohne den Kampfpartner zu kennen, überaus zweifelhaft erscheinen mußte. Aber solche Erwägungen bewegen sich im Gebiet der Spekulation, der Polizeibericht erwähnte nichts dergleichen.

Abraham Schiffman wußte nicht, daß seine Worte hellsichtig waren, als er, schon zu Hause, längst nach Beendigung der Hochzeitsfeier, schon in seinem Schlafanzug, zu seiner Frau bemerkte: »Dieser Vetter von Dir, er mag sehr nett sein, er ist vielleicht ein großer Musikkenner, aber ich glaube nicht, daß er es auf diesem Kontinent zu sehr viel bringen wird.« »Meinst Du?« fragte Else Schiffman, und ihre Gedanken schlugen andere Wege ein.

Sie dachte – wie denn nicht? – an ihre kleine June. Sie sah sie in den Armen eines fremden jungen Mannes, entführt, an der Schwelle des Lebens, ein neues Wesen, aber dennoch mehr den je geliebt. Und sie dachte zurück, es waren vierundzwanzig Jahre, da sie ihre eigene Mutter verlassen, und Abraham, voller Lebensmut, sie mit sich genommen hatte. Ja, das war Abraham, der junge Mann mit seinem Lachen, mit den unberechenbaren Launen, die man ihm jedesmal verzeihen mußte, Abraham, um den sie in den Nächten zittern mußte, da jener Krieg ihn nach Europa, nach Frankreich verschlagen hatte. Und jetzt die kleine June! Hat sie dasselbe zu erwarten?

Sie liegt jetzt – in der Stunde, da der fremde Vetter im

Central Park auf der Erde liegt und schon zu atmen aufgehört hat – sie liegt im Schlafcoupee, im Zug, der schnell und fast lautlos in der Richtung gegen Süden die Nacht durchfährt. In dieser späten Stunde schläft sie schon. Eine Strähne ihres schwarzen Haares hat sich über ihre Stirn gelegt, es scheint, daß sie lächelt, während sie träumt. Träumt sie von ihrem lieben Jungen und den Jahren, die bevorstehen? Gewiß, auch er wird gehen, und diesmal wird es länger dauern, und die Nachrichten werden so ungewiß sein, daß June, so tapfer und besonnen sie auch ist, mitunter glauben muß, das Ärgste sei geschehen. Aber wir wollen an diese Möglichkeit nicht denken. Wahrscheinlich wird er zurückkommen, wohlbehalten und froh wie zuvor, ein neues Leben wird begonnen, auch sein Beruf, es ist zu hoffen, daß es vorwärts gehen wird, die Anfänge werden gewiß bescheiden sein, aber später, wer weiß? vielleicht ein Office in der Wallstreet, hoch oben in einem der Wolkenkratzer mit dem Blick auf den Hafen, die weite graue Wasserfläche und die Ozeandampfer, die am Rand des Horizonts erscheinen. Inzwischen wird man die Kinder aufziehen, mit kleinen Sorgen und mit Freuden, Zahnreparaturen, Masern, Schule, Sommercamp, sie werden in die Mittelschule gehen, Sport und Musik betreiben – halt! da ist doch dieser Vetter Walter Korn gekommen, kann er die Kinder nicht in Musik unterrichten? – dann wird man sie ins College schicken, und das Mädchen wird eines Nachts vielleicht mit ebendiesem Zug nach Florida reisen. Wer weiß?

Professor Schneider – in der Stunde, von der wir sprechen – saß noch an seinem Schreibtisch. Oft arbeitete er spät und heute ganz besonders spät, da er daran war, eine große Abhandlung ihrem Ende zuzuführen. Die Ruhe der Nacht war seiner Arbeit günstig, die Stille des Hauses und unten der Park, oft hörte man entfernte Schüsse, Gangster, Polizei, ein Eifersuchtsdrama, solches war im Central Park nichts ungewohntes, man beachtete es nicht.

Die Abhandlung, die der Professor jetzt beendete, war ein Beitrag zu dem großen Thema, dessen Inangriffnahme er sich für seine reifsten Jahre vorbehalten hatte. Nach ausgedehnten Arbeiten über die Musik des Barock, über das Lied, das Klavier, die Opern Mozarts fühlte er sich jetzt in der Lage, das Thema ins Auge zu fassen, das ihn wahrscheinlich für den Rest seiner Schaffenszeit in Anspruch nehmen, die Krone seines Lebenswerks ausmachen würde: das Thema Beethoven. Philosophische Erfahrungen, die Erfahrungen eines reichen Lebens und jetzt in den Jahren der Ernte die Erfahrung Amerikas, dieser Szenenwechsel, der zwar ungewollt gekommen, aber dennoch seinen Horizont erheblich ausgedehnt, seine Erlebniswelt bereichert hatte, das alles befähigte ihn dazu, diesen gedanklich schwierigsten, menschlich ergreifendsten Bezirk in der Musikgeschichte endlich zu betreten. In seinem Stil hatte er überdies – er schrieb in deutscher Sprache, seine Schriften wurden aber sogleich in vortreffliches Englisch übersetzt – in seinem Stil also hatte er jetzt jene überlegene Klarheit und Besonnenheit gewonnen, jene abgeklärte Schönheit, die die Meisterleistung kennzeichnet, zugleich aber auch eine Direktheit erreicht, eine Wärme, die seine Schriften als Dokumente wahrer Menschlichkeit hoch über die Ebene des allgemeinen Forschungsgeistes hob. Er überlas die letzten Sätze des Schlußteils »Beethoven und der Humanitätsgedanke«.

»Wir merken also«, so las er, »wie jene artistisch ausgesparten, rücksichtslos asketischen, gewissermaßen weißen Flächen in Beethovens Werk sich beleben, sehen, wie das Licht des großen neuen Weltgedankens sie erleuchtet, des

Gedankens der Humanität, der Verbrüderung, der unmittelbaren Sprache, der Sprache, in der der gesegnete Weg von Mensch zu Mensch sich aufgetan hat. Der Weg von Mensch zu Mensch! Klingt das nicht wie eine Verheißung? Die Stimme eines neuen und glücklichen Jahrhunderts? Wir selbst, die Enkelkinder, die Urenkel, wir blicken noch immer und von Neuem verloren und verängstigt um uns. Wann wird die Stimme unser Ohr erreichen? Wann wird sie unsere Herzen in Bewegung setzen?«

Er überlas die Sätze noch einmal, dann stand er auf. Er ging zum Fenster und sah, daß es zu schneien begonnen hatte. Er sah etwas Schnee auf dem schmalen Sims, und bemerkte, wie unten im Licht der Straßenlampe die Flokken langsam niedergingen. Der Schnee fiel auf den Park, auf die weiten Flächen von seinem nördlichen bis zum südlichen Ende, er legte sich auf die flachen Dächer und die Plätze der Midtown-Gegend und weiter unten zwischen die Baukolosse der Finanz, in die engen Straßen, in denen jetzt die Stille der Nacht von keinem einzigen Gefährt gestört war, er legte sich auf den geräumigen Platz der Battery dicht beim Ozean und draußen auf die Inseln, Ellis Island, Governors Island, Bedlows Island, sammelte sich zu Füßen der Freiheitsstatue an und blieb bis in die Morgenstunden in kleinen Mulden auf ihrem Kopfe und an ihren Schultern liegen, während sie die elektrisch erleuchtete Fackel in dieser perlgrau und weißen Landschaft den ankommenden Reisenden entgegenhielt.

Editorische Notiz

»Biographie skandalös uninteressant. Geboren 6. Mai 1903 in Prag, studierte Philosophie und Musik in Prag, Wien, Berlin, Heidelberg, Dr. phil. in Heidelberg. (Daß ich, um gegenüber meinem Vater freie Hand in der Berufswahl zu haben, aus Gründen einer ›gesicherten Zukunft‹ nebenbei ein Jus-Doktorat machte und halbtägig ein Jahr lang in der Ihnen bekannten ›Advokatenkanzlei‹ arbeitete, braucht nicht erwähnt zu werden.) Dann einige Jahre Journalist (Musikkritiker) und Musiklehrer in Prag. ›Stadtpark‹, geschrieben 1932, publiziert Neujahr 1935. Daneben viel unpubliziert Lyrik, Roman und Novellen. (Das alles soll nicht publiziert werde und ist nebenbei zum größten Teil verschwunden, nur einem in Paris bei der Flucht abhanden gekommenen Stoß von Kurzgeschichten jage ich noch nach.) Ging 1939 nach Paris, entkam 1940 nach Lissabon, Ende 40 in New York eingewandert. In New York als Musiklehrer tätig, Lehrstelle für Klavier an einem Konservatorium. In der Emigration nur ein paar kleine musikalische Dinge veröffentlicht, einige Novellen geschrieben und Arbeit an einem Roman.«

So lapidar äußerte sich Hermann Grab 1947 über sein Leben, als ihn der österreichische Schriftsteller und Literaturkritiker Erich Schönwiese anläßlich der Neuauflage des Romanes »Der Stadtpark« um eine Kurzbiographie bat. In einem Brief kurze Zeit darauf schilderte Grab dem Freund und Mentor seine persönliche Situation etwas ausführlicher:

»Ich kam weder zur Revidierung einer größeren Novelle, die ich Ihnen schicken wollte, noch auch zu irgeneiner anderen nennenswerten Arbeit, da ich fast den ganzen

Sommer über krank war und mich gerade rechtzeitig erholte, um mich in den Hochbetrieb meines musikalischen Winters zu stürzen. Dieser war eine enorme Anspannung, ich habe hochinteresante und sehr verantwortungsvolle Arbeit, viele ›professionelle‹ Schüler, was alles sehr schön ist, aber mich äußerlich – und was schlimmer ist – auch innerlich ganz in Anspruch nimmt. Wäre ich Buchhalter oder Delikatessenhändler, dann könnte ich um fünf Uhr nach Hause gehen und literarisch arbeiten.«

Zwei Jahre später, am 2. August 1949, starb Herman Grab in New York nach monatelanger schwerer Krankheit. Eine Operation hatte ihm nicht mehr helfen können.

Grab hat ein schmales literarisches Werk hinterlassen, den Roman »Der Stadtpark«, den er als 28jähriger schrieb und der ihm den Ruf eines Prager Proust bescherte, die Erzählungsammlung »Hochzeit in Brooklyn«, die Ernst Schönwiese 1957 im Bergland-Verlag publizierte sowie einige kleinere Arbeiten in literarischen Zeitschriften. An prominenten Fürsprechern – wie Max Brod, Hermann Broch, Klaus Mann und Theodor W. Adorno – hat es nicht gemangelt, und doch ist Hermann Grab bis heute ein Vergessener geblieben und in kaum einer Literaturgeschichte vertreten.

Als Grabs Werk in den achtziger Jahren im Rahmen der Exil-Reihe »Verboten und verbrannt« des Fischer Verlages vorübergehend wieder zugänglich gemacht wurde, rühmte Ulrich Weinzierl in einer FAZ-Besprechung Grabs Erzählungen als »wahre Meisterwerke der Untertreibung des kunstvoll gedämpften Schreckens. Kein lautes Wort angesichts des Ungeheuerlichen, zum Teil am eigenen Leib Erlebten, sondern nichts als genaueste Beobachtung und Tragödien im Kammerspielton.«

Giorgio Pressburger
DAS GESETZ DER WEISSEN RÄUME

*Aus dem Italienischen
von Michaela Wunderle
ISBN 3-8015-0260-0*

»Alles steht in den weißen Räumen zwischen dem einen Buchstaben und dem anderen geschrieben. Der Rest zählt nicht.« Dr. Fleischmann, in der Blüte seiner Jahre von plötzlichem Gedächtnisschwund befallen, spricht diesen Satz zu der Krankenschwester, die ihm beim Einsteigen in die Ambulanz behilflich ist.

Die fünf Erzählungen handeln von Ärzten, die unter dem Eindruck mysteriöser Krankheiten aus ihrem gewohnten Lebensalltag gerissen werden. Das erprobte naturwissenschaftliche Instrumentarium versagt mit einem Mal seinen Dienst und stürzt die Mediziner in einen Strudel von Sinnfragen nach Leben und Tod, nach Bestimmung und Zufall.

Die Geschichten des aus Budapest stammenden italienischen Schriftstellers Giorgio Pressburger können als Parabeln für die Unvorhersehbarkeit des Schicksals und den Verlust sichergeglaubter Wahrheiten gelesen werden. Zugleich thematisieren sie offensichtlich den Tod seines Zwillingsbruders und langjährigen Konautors Nicola Pressburger (1937-1985).

Verlag Neue Kritik • Kettenhofweg 53 • 60325 Frankfurt